Das Buch

Die Schulleiterin Karen Frei fährt auf einen geparkten Wagen auf. Die Folgen dieses Unfalls verändern nicht nur das Leben der Frau Frei nachhaltig, sondern bringen ein ganzes Dorf in Aufruhr und Unruhe.

Die Autorin

Maria Elisabeth schreibt unter diesem Pseudonym, da sie selbst Schulleiterin ist und vermeiden möchte, dass Personen aus ihrer Umgebung sich „dargestellt" fühlen.
An dieser Stelle sei versichert, dass alle Figuren des Buches – einschließlich der Hauptperson Karen Frei – völlig frei erdacht sind und keinerlei Ähnlichkeit mit lebenden, real existierenden Personen haben.

Maria Elisabeth

Mord auf dem Lande

Roman

Originalausgabe

Für meine Familie

1

Nun war es also passiert. Karens Gedanken kreisten schon seit langem um dieses Thema. Irgendwie hatte sie das Gefühl, je länger sie es schaffte unfallfrei zu fahren, umso größer war das Risiko.

Okay, nun war es also passiert. Sie hatte nicht aufgepasst, nicht schnell genug reagiert und war auf das parkende Auto vor ihr aufgefahren. So ein blöder Mist! Der stand hier aber auch sehr ungünstig.

Nun hatte sie ein Problem. Ihr Auto fuhr noch. Sie hatte keine Zeit, aber sie wusste, sie durfte den Unfallort nicht verlassen. Das wäre Fahrerflucht, auch wenn sie einen Zettel an die Windschutzscheibe machte.

Also blieb ihr nichts anderes übrig als bei den umliegenden Häusern zu klingeln und zu fragen, wem der Wagen gehörte. Vielleicht war das dann auch der schnellste Weg, denn mit dem Besitzer persönlich ließ sich sicher ein Termin ausmachen.

Also Warnblinkanlage an und aussteigen. Merkwürdigerweise waren noch keine Neugierigen zu sehen, nicht einmal das Auto, das ihr entgegengekommen war, hatte angehalten. Aber vielleicht hatte der Fahrer oder die Fahrerin den Unfall auch gar nicht mitbekommen. Es hatte nach einem ziemlich jungen Typen undefinierbaren Geschlechts ausgesehen, der oder die noch sehr angestrengt beim Autofahren war. Durch die etwas ruckartige Fahrweise war Karen ja erst auf die Idee gekommen, dass das Auto warten würde und sie an dem parkenden Wagen vorbeilassen würde. Als Karen ihren Irrtum bemerkte, war es dann zu spät gewesen.

So, genug der Grübelei. Karen läutete bei dem Haus, das ihr am wahrscheinlichsten schien. Das Auto parkte direkt vor dessen Auffahrt und es war sicher jemand, der hier zu Besuch war. Diese Vermutung erwies sich leider als Trugschluss. Die nette alte Dame, die die Tür öffnete, erklärte sie wisse auch nicht, wohin das Auto gehöre, denn es stünde dort schon seit heute morgen, als sie das erste Mal mit ihrem Ernie Gassi gegangen sei. Ernie war ein dicker alter Rauhhaardackel, der sich jetzt sehr für Karens Hosenbeine interessierte, da er dort den Geruch des Golden Retriever-Mischlings Krümel entdeckt hatte, der Karens Tochter Fee gehörte.

Die Auskunft klang niederschmetternd, denn wenn der Wagen dort schon so lange stand, schien es umso schwieriger, den Besitzer schnell ausfindig zu machen. Mit einem Seufzer ließ Karen den Elternabend sausen, zu dem sie unterwegs gewesen war, und fragte, ob sie das Telefon benutzen dürfe, um die Polizei anzurufen.

Die Beamten kamen ziemlich schnell. Entweder waren sie in der Nähe gewesen oder hatten gerade nicht viel zu tun gehabt. Der jüngere Beamte nahm Karens Personalien auf. Glücklicherweise hatte sie ihren Ausweis und ihren Führerschein mit. Normalerweise fuhr sie ohne diese Dinge, wenn es sich um solche kurzen Strecken handelte, aber sie hatte noch etwas zum Zeugnis ihrer Tochter fragen wollen und deshalb die Handtasche mitgenommen, um nicht mit dem Zeugnis in der Hand herumlaufen zu müssen.

In der Zwischenzeit hatte der ältere Beamte das Kennzeichen des angefahrenen Volvos durchgegeben, um den Halter herauszufinden. Das Auto gehörte einem Westenstedter Geschäftsmann, der es allerdings gegen Mittag als gestohlen gemeldet hatte. Die Beamten hatten davon noch nichts gehört, da sie beide erst gerade ihre Schicht begonnen hatten, als Karens Anruf eingegangen war. Der

Kollege der vorherigen Schicht hatte ihnen nur mitgeteilt, dass drei Autodiebstähle gemeldet worden seien, was für eine so kleine Stadt wie Westenstedt schon eine Art Rekord darstellte.

Der Geschäftsmann wurde angerufen und kam mit dem Wagen seiner Frau und den Ersatzschlüsseln. Inzwischen hatten sich durch die Anwesenheit des Polizeiwagens, der aus Sicherheitsgründen sein Blaulicht laufen ließ, einige neugierige Passanten und Jugendliche eingefunden, die aus der Entfernung über Art und Schwere des Schadens diskutierten. Natürlich hörte Karen auch irgendwo einen Idioten „Frau am Steuer" rufen.

Der Geschäftsmann, ein Herr Günther, der eine kleine Boutique am Marktplatz besaß, wurde gebeten das Auto mit Handschuhen zur Dienststelle zu fahren, damit es dort von dem Spurensicherungsbeamten, der aus der Kreisstadt angefordert war, untersucht werden könne.

Karen wurde ebenfalls zur Dienststelle gebeten, falls sie Zeit habe. Da der Elternabend nun fast vorbei war, folgte Karen mit ihrem leicht lädierten Polo dem Polizeiwagen. In der Dienststelle war bereits der Kollege der Spurensicherung eingetroffen und machte sich sofort an die Arbeit.

Herr Günther musste mit ihm hinausgehen, um eventuell Dinge zu identifizieren, die ihm nicht gehörten und damit Aufschluss über den Täter geben könnten. Fünf Minuten später stürzte ein bleicher Herr Günther in die Toilette der Dienststelle und übergab sich. Der Spurensicherungsbeamte folgte ihm und war auch etwas grün um die Nase.

Sie hatten im Kofferraum des Volvo etwas gefunden, was Herrn Günther hundertprozentig nicht gehörte – eine Leiche.

2

Karen war wie versteinert. Das war doch wohl nicht möglich. Konnte sie denn nichts machen wie normale Leute, nicht einmal einen Unfall? Musste es gleich so etwas sein? Ihr wurde ganz merkwürdig. Ihre Gedanken rasten zu all den unmöglichen Dingen, die ihr schon in ihrem Leben zugestoßen waren. Das durfte einfach nicht wahr sein.

Wie unter Zwang stand sie auf und lief wie die Beamten auch nach draußen. Sie kam nicht sehr weit, denn es reichte ihrer Phantasie, blaue Plastikfolienteile blitzen zu sehen und diesen ekligen süßlichen Geruch in die Nase zu bekommen, damit sich auch ihr Mageninhalt bemerkbar machte.

Sie drehte sich um und atmete einige Male tief durch. Dann hielt sie die Luft an und trat doch noch einen Schritt näher. Nach einem Blick auf den Toten schaffte sie es gerade noch zur Blumenrabatte, bevor sie sich übergab. Der Tote stammte aus demselben Dorf wie sie auch: Walsdorf.

3

Ja, mein Gott, ihr wurde heute noch übel, wenn sie an den Anblick damals dachte. Es war der Anbeginn einer furchtbaren Zeit im Dorf gewesen. Hans-Peter Mittendorf war ein Feuerwehrhauptmann, der gern etwas trank und im angetrunkenen Zustand streitsüchtig und gehässig wurde. Mit seiner spitzen Zunge hatte er sich so manchen Feind im Dorf verschafft, und die Polizei fand ein Übermaß an gegenseitigen Anschuldigungen, Verdächtigungen und Motiven.

Als der Mord schließlich ein halbes Jahr später aufgeklärt wurde, atmete das ganze Dorf auf. Doch trotz des kollektiven Freispruchs der gesamten Nachbarschaft waren die gegenseitig zugefügten Kränkungen und ausgesprochenen Verdächtigungen zu schwerwiegend, um ein friedliches Miteinander wieder zuzulassen.

Da war zum Beispiel Ernst Klawe, der es übel nahm, dass jemand – wer auch immer – ihn beschuldigt hat, Mittendorf getötet zu haben, da dieser angeblich ein Verhältnis zu seiner Frau unterhalten habe.

Dann war da der alte Petersen, der öffentlich behauptete, Mittendorf hätte seinem Steuerberater Clausen Fälschungen der Bilanzen nachweisen können und daher hätte dieser ihn beseitigt.

Neben diesen massiven Anschuldigungen gab es auch viele, vielleicht noch schlimmere Auswirkungen im Kleinen.

Da war Frau Kleininger, die nicht bereit war, ihrem Mann ein „getürktes" Alibi für die Tatzeit zu geben, und damit offen legte, dass er oft nächteweise nicht nach Hause kam. Es stellte sich heraus, dass der Mann eine Freundin in der nächsten Stadt hatte. Das hatte Frau Kleininger jahrelang ausgehalten, weil es ja keiner wusste und wegen der Tochter, aber nun sah sie sich genötigt einen Schlussstrich zu ziehen. Die Ehe wurde geschieden.

Auf diese Art wurden viele Freundschaften und Beziehungen auf eine harte Probe gestellt. Es trennte sich sozusagen der Spreu vom Weizen. Doch aufgrund der überall ausgesprochenen Verdächtigungen wurden auch manche Gefühle bewusst gemacht.

Ein Mann entdeckte plötzlich, als wilde Gerüchte über seine Nachbarin kursierten, dass er dieser sehr zugetan war. Die beiden hielten in der schweren Zeit zusammen und heirateten später.

Der Dorfkrug wurde vor der drohenden Pleite bewahrt, da sich dort eine zeitlang allabendlich eine Mord-Diskutier-Runde traf und auch viele Neugierige mal in dem Dorf „mit dem Toten" Kaffee trinken oder Mittag essen wollten.

Karen selbst hätte gerne auf die anrüchige Berühmtheit verzichtet, die sie der Tatsache verdankte, dass sie die Leiche gefunden hatte. Ihre Tochter Fee sammelte jeden Zeitungsausschnitt und verbrauchte ihr gesamtes Taschengeld, um alle Zeitschriften zu kaufen, in denen sie den Namen ihrer Mutter fand. Karen verstand ja, dass es Fees Art der Verarbeitung war, aber es war ihr trotzdem ein Gräuel.

Ihr selbst wurde die Arbeit in der kleinen Walsdorfer Grundschule, deren Schulleiterin sie war, auch nicht gerade leichter durch das Geschehene.

Natürlich hatte dieser Todesfall auch das Alltagsleben in ihrem kleinen Häuschen belastet. So waren sie zum Beispiel wochenlang nicht mehr ans Telefon gegangen, sondern hatten abgewartet, dass der Anrufer sich dem Anrufbeantworter zu erkennen gab.

Es meldeten sich nämlich einige Journalisten, die penetrant nach Interviews fragten und jede telefonische Äußerung auswerteten. Außerdem waren da auch noch die anonymen Anrufer, die Karen beschuldigten, Unfrieden ins Dorf gebracht zu haben, als hätte sie Hans-Peter Mittendorf umgebracht oder zumindest mutwillig dieses Auto angefahren, damit die Wogen in Walsdorf hochschlugen.

Wäre alles anders gewesen, wenn jemand anderes die Leiche gefunden hätte?!? Manchmal konnte Karen das Gefühl der Boten nachvollziehen, die in früheren Zeiten schlechte Nachrichten zu überbringen hatten. Na ja, wenigstens wurde sie nicht geköpft, soweit hatten sich die Zeiten doch schon geändert.

Doch der Sensationsjournalismus war wirklich eine Geißel der Jetzt-Zeit: „Fee beim Basketballtraining", „Karen in der Schule mit den Kindern auf dem Schulhof". Man konnte es den Leuten ja nicht verbieten zu fotografieren. Sogar Karens Werkstatt, die das

Auto reparierte, mit dem die Leiche „gefunden" wurde, kam zu Ehren.

Das Fatale war ja auch, dass es durch die vielen verschiedenen „Spuren", d.h. Anschuldigungen der Dorfbewohner gegeneinander, der Presse leichtgemacht wurde, den Fall am Köcheln zu halten. Irgendwie war jede Handlung eine öffentliche, alles Private wurde plötzlich ins Medienlicht gezerrt. Über die „Scheidung Kleininger" wurde fast genauso ausführlich berichtet wie seinerzeit über die Trennung von Charles und Lady Di. Jedenfalls kam es den Walsdorfern so vor.

Es war so schlimm, dass Maria, die Tochter der Kleinings, die in Karens Dorfschule in der vierten Klasse war, einen glücklicherweise missglückten, doch durchaus ernstgemeinten Selbstmordversuch unternahm.

4

Ach ja, diese vierte Klasse war durch den Mord wirklich belastet. Von den fünfzehn Kindern waren nur vier nicht in irgendeiner Weise in die Sache involviert.

Einmal die Döbbel-Zwillinge, die erst vor einem Jahr aus Sachsen ins Nachbardorf gezogen waren. Die Tochter von Bauer Frenzen, deren Familie weder verwandtschaftliche noch sonstige Beziehungen zu dem Mordopfer hatte – Vater Frenzen war nicht einmal aktives Mitglied der Feuerwehr; passives waren ja fast alle Männer im Dorf. Und dann noch Gregori, der Aussiedlerjunge aus Kasachstan, der mit sich selbst und der Umstellung in seinem Leben genügend Probleme hatte.

Alle anderen elf Kinder waren in irgendeiner Art und Weise psychisch belastet durch die Geschichte. Barbara, die schüchterne, stille Tochter des Dorfpolizisten, kam überhaupt nicht damit zurecht, dass sie plötzlich von den Mitschülerinnen und Mitschülern hofiert wurde und im Mittelpunkt des Klasseninteresses stand. Alle wollten mit ihr spielen, möglichst bei ihr zu Hause, um mal ihre Nase in den „Fall" stecken zu können.

Dieses Interesse an einer anderen ließ sich natürlich Lieselotte, die Klassensprecherin und Rädelsführerin, nicht gefallen und intrigierte, was das Zeug hielt.

Tobis Vater war Mittendorfs Chef gewesen und musste nun die Umkremplung seines Betriebes durch Beamte der Kripo mit ansehen, außerdem war er in Verdacht geraten, da Mittendorf auch gegen ihn in einer Bierlaune wüste Anschuldigungen losgelassen hatte. Er würde die Vorschriften nicht einhalten und das könne er, Mittendorf, beweisen.

Dieses Geschwätz eines Besoffenen wurde plötzlich ernst genommen, und Tobis Vater litt. Tobi auch - und das äußerte sich in Prügeleien auf dem Schulhof mit jedem, der etwas gegen seinen Vater gesagt oder auch nicht gesagt oder ihn schief angeguckt hatte.

Bei Christiane war es die Mutter, die eng mit Frau Mittendorf befreundet war und nun vor lauter Beistandleisten die eigene Tochter, die sonst ihren gesamten Lebensinhalt gebildet hatte, plötzlich total links liegen ließ. Sie vergaß ihr das Frühstück einzupacken und brachte es auch nicht hinterher wie sonst. Sie kümmerte sich nicht mehr um die Hausaufgaben und gab dem Mädchen das Gefühl, sie sei eine Belastung.

Das konnte Christiane überhaupt nicht verkraften nach dem übertriebenen Zugediene, dass die Mutter vorher praktiziert hatte. Also weinte sie leicht einmal und kaute ihre Fingernägel bis aufs Blut ab. Als Karen ein Gespräch mit der Mutter führte, sagte diese nur, das wäre alles Quatsch und man wisse ja schließlich, dass die

Kinder in dem Alter anfangen würden zu pubertieren, da müsse man eben durch.

Karlchen, der eigentlich Peter hieß, den aber seit jeher alle nur Karlchen nannten, war der Sohn des Steuerberaters Clausen, der auch verdächtigt wurde und eine Prüfung seiner Akten hinnehmen musste. Somit war Karlchen der erklärte Feind von Tobi – obwohl beide eigentlich unter demselben Druck standen: Sie prügelten sich fast täglich, und zwar richtig massiv und gewalttätig.

Das bedeutete, dass die Pausen, die sonst immer sehr harmonisch und ausgeglichen abliefen, plötzlich voller Wut- und Tränenausbrüche und anderer Unfälle von Kindern waren, die psychisch unter Druck standen. In den fünf Jahren, die Karen die Schule nun leitete, hatte sie einmal einen Krankenwagen alarmiert, wegen des Unfalles eines Kindes. In diesen sechs Monaten nach dem Mord musste sie sechsmal – also einmal im Monat – den Notruf wählen. Sie kannte die Sanitäter schon fast mit Vornamen.

Maike war die beste Freundin von Vera, der Mittendorftochter. Vera ging zwar nicht in diese Klasse, sondern erst in die dritte, aber beide waren nachmittags ein Herz und eine Seele. Nun, nach dem Tod des Vaters, wollte Maikes Mutter in dem Trauerhaus nicht zur Last fallen und ließ die Mädchen nur noch in ihrem Haus miteinander spielen. Das belastete Maike sehr, neben der Sorge um die Freundin.

Gerd und Mark waren zwar seitens ihrer Familien nicht mit dem Fall belastet, nutzten aber die Gelegenheit, um Detektiv zu spielen und stellten dauernd irgendwelche Theorien auf, die sie den „Verdächtigen" sofort darlegten und damit viel Unfrieden stifteten.

Johanns Vater hatte nach einer langen Zeit der Arbeitslosigkeit und Umschulung die Chance von Mittendorfs Tod „genutzt", um dessen Job zu übernehmen. Dieses war für einige – zumeist wohlhabende – Familien mit Festanstellung der Väter ein sehr pietätloses Verhalten.

Man zieht keinen Gewinn aus dem Unglück anderer, jedenfalls nicht so offensichtlich und so schnell nach dem Tod, es sei denn, man hat selber dafür gesorgt, dass ... Und schon ging das Verdächtigungskarussell wieder rund.

Johann sollte von seinem besten Freund Mirko auf Anordnung dessen Eltern „geschnitten" werden. Die beiden hielten zwar trotzdem zusammen wie Pech und Schwefel, durften jedoch nicht mehr nebeneinander sitzen, nachmittags nicht mehr miteinander spielen und litten. Mirkos Eltern hatten plötzlich einen Wochenplan für ihren Sohn: Handball, Chor, Schwimmbadbesuche und Englischkurs für Grundschulkinder. Da blieb nicht mehr viel Zeit zum Verabreden.

Karen trat mit ihrem Unterrichtsstoff auf der Stelle, weil sie täglich zirka eine halbe Stunde einplanen musste für die Einstimmung der Klasse, für das Abarbeiten und Ausblenden des Mordthemas. Es hatte keinen Sinn, so zu tun, als sei einfach so Unterricht möglich, so zu tun, als wäre nichts gewesen.

Wenn sie das versuchte, glitt nach kürzester Zeit das Unterrichtsgespräch in eine Morddiskussion ab. Es hatte keinen Zweck. Also diskutierten sie zu Beginn der Stunde, machten eventuell Rollenspiele, Entspannungsübungen oder ein Spiel zur Lockerung der Atmosphäre.

Danach waren die Schüler dann begierig auf Unterrichtsstoff, weil sie wohl auch nicht den ganzen Tag lang an den Mord denken mochten. Trotzdem war jeder Schultag zu einem Lavieren durch ein Gebiet mit Tretminen geworden. Man wusste nie, welche Äußerung bei welchem Kind einen Heulkrampf oder Wutanfall auslösen würde. Auch diese dauernden Verletzungen und Krankenwagentransporte zum Nähen, Schienen, Gipsen kosteten sehr viel Zeit. Außerdem fehlten ständig Schüler, so dass jede Einführung mehrfach wiederholt werden musste.

Karen hatte sich deshalb schon an die Schulrätin gewandt und um Rat gefragt. Nun war die Schulrätin mehr an einer politischen

Karriere interessiert als an pädagogischem Kleinkram und gab, neben einigen gutgemeinten Ratschlägen, nur den Tipp, sich doch mal an den Schulpsychologen zu wenden, der für die Schule zuständig sei.

Auf diese Idee war Karen nun allerdings selbst auch schon gekommen, nur hatte sie den Herrn vom Schulpsychologischen Dienst nicht gerade als Hilfe in Erinnerung; genau wie sie die Schulrätin eigentlich auch nur aus Pflichtgefühl eingeschaltet hatte und aus der Überlegung: dann kann sie nachher nicht sagen, sie habe von all dem nichts gewusst.

Aus diesem Grund hatte sie auch ein Kurzprotokoll des Gespräches angefertigt, dass die Schulrätin, wenn auch widerwillig – "Ich stehe da ja voll hinter Ihnen, so etwas brauchen wir doch nicht!" – unterschrieben hatte.

Da nun in diesem Protokoll auch der Rat mit dem Schulpsychologischen Dienst stand, rief Karen etwas aufseufzend am nächsten Tag dort an und erläuterte ihr Anliegen. Zu ihrer Überraschung hieß es nach einigem Hin und Her: „Ja, das passt ja ganz gut!" – wobei Karen sich fragte wie ein Mord „gut passen" könne, aber egal – es war da ein Herr Kesselschmied, der im Schulpsychologischen Dienst sein Praktikum ableisten würde, den würde man zu ihrer Beratung abstellen. Er würde gleich morgen früh bei ihr vorbeikommen und solle sich, da der Fall ja scheinbar ein größeres Ausmaß habe, von nun an einen Monat lang nur mit ihrer Klasse befassen.

„Oh, Gott!!", dachte Karen, „So ein Mist! Nun hast du neben all den Problemen rundherum auch noch einen Psycho-Praktikanten an der Backe!" Aber es führte kein Weg zurück. Sie würde ihn auf die robusten Kinder ansetzen, wo er nicht viel Schaden anrichten konnte. Denn so ein Mensch, frisch von der Uni, ohne Lebenserfahrung, konnte doch nicht wirklich helfen in dieser Situation, in der jedes Wort auf die Goldwaage gelegt werden musste.

5

Am nächsten Morgen staunte Karen nicht schlecht, als Herr Kesselschmied sich als ein gestandener Mann in ihrem Alter entpuppte. Er erläuterte ihr, dass er zunächst Heimerzieher gewesen sei und dann das Psychologiestudium angeschlossen habe, da er gemerkt hätte, dass er in dem Bereich helfen könne.

Dieses blöde Praktikum im Schulpsychologischen Dienst habe ihm ein Professor „eingebrockt", der erreichen wollte, dass er, Werner Kesselschmied, seine Examensarbeit über diese Einrichtung schreibt. Diese Examensarbeit wiederum wolle der Professor für seine Forschungsarbeiten ausschlachten. Leider war diese Konsequenz des Praktikums auch zu den Schulpsychologen durchgedrungen, so dass sich diese kontrolliert und unter Beobachtung fühlten.

Daher hatten sie die Gelegenheit „Mordfall Westenstedt" genutzt, um den unliebsamen Praktikanten abzuschieben. Er, Werner, werde dafür sorgen, dass diese Abschiebung rückgängig gemacht werden würde, denn was solle er hier schon helfen können?

Aber, da er heute nun mal hier sei, könne sie ihm ja wenigstens die gesamte Story mal berichten, und wenn es nur sei, um ihr Herz zu erleichtern. Karen hatte die erste Stunde frei und nahm sich die Zeit, über jedes einzelne Kind einen möglichst genauen Bericht zu liefern. Werner – sie duzten sich bereits nach fünf Minuten – hörte aufmerksam zu, machte sich Notizen und stellte nur sachliche Rückfragen. Als Karen am Ende ihres Berichtes war, sagte er: „Das ist ja ein schöner Scheiß!"

Danach hospitierte er den Vormittag über, aber das störte Karen nicht, denn sie hatte merkwürdigerweise ein Gefühl der Vertrautheit mit diesem Menschen. Werner hatte tatsächlich die Gabe, eine Situation zu entspannen. Er hatte sich den Kindern ganz ruhig vorgestellt, als ob er Lehrer werden würde und hier jetzt etwas lernen wolle. Durch die Ablenkung und die Routine im „Lavieren" kamen sie relativ problemlos über den Vormittag.

Es waren ausnahmsweise alle Schüler anwesend, so dass die Einführung der schriftlichen Multiplikation endlich von allen so ungefähr begriffen wurde. Irgendwie gab dieser Vormittag Karen plötzlich einen Eindruck, wie Unterricht vor dem Mord gewesen war.

Sie wünschte sich, dass der Praktikant bleiben würde, ganz entgegen ihren Befürchtungen von gestern. Aber er hatte sich ja entschieden und musste ja auch an seiner Examensarbeit weiterarbeiten. Das sah sie ein. Na, dann war die ganze Chose mit der Schulrätin ja doch noch zu etwas gut gewesen.

Karen verspürte wieder etwas von ihrem alten pädagogischen Selbstbewusstsein und Selbstvertrauen. Sie konnte unterrichten. Es lag nicht an ihr, dass die Situation in der Klasse so unbefriedigend war. Auch ein anderer Lehrer könnte hier nicht mehr ausrichten.

Inmitten dieser Überlegungen hörte Karen ein Kinderweinen und merkte, wie sich alles in ihr verkrampfte. Nicht doch! Was war nun schon wieder? Krankenwagen? Sie fuhr morgens die paar Meter im Dorf zur Schule schon immer mit dem Auto, damit sie schnell mal ein Kind nach Hause fahren konnte, wenn es denn gar nicht mehr ging, wenn es Fieber hatte etc. Dabei kam sie sich zwar total blöd vor, aber nachdem sie zweimal in einer Woche mit dem Rad nach Hause gefahren war, um ihr Auto zu holen, schien ihr diese Lösung die günstigere.

Das Kinderweinen kam von Lieselotte, ausgerechnet von dieser eigentlich so selbstbewussten Schülerin. Sie hatte den Bus verpasst, da sie ihrer Freundin noch dieses und jenes zu erzählen gehabt hatte. Die anderen Buskinder hatten wohl angenommen, sie sei schon eingestiegen, da sie sonst immer die erste am Bus war.

Deshalb hatten sie dem Busfahrer nicht Bescheid gegeben. Sonst hätte er sicher gewartet.

Das alles hing mit der neuesten Theorie des Detektivpärchens Gerd und Mark zusammen, die aus den abstrusesten angeblichen Beweisstücken plötzlich die Theorie aufgestellt hatten, dass Lieselottes Mutter Mittendorf umgebracht hätte.

Daher wohl auch der Tränenfluss, denn ansonsten war ein verpasster Bus für Lieselotte kein Anlass zu weinen. Also würde Karens Auto mal wieder zum Einsatz kommen. Außerdem musste sie daran denken, mit den Hobby-Detektiven wieder einmal ein ernstes Wort zu reden. Es half dann immer ein paar Tage.

Doch auch hier bot Praktikant Werner eine unerwartete Entlastung. Er würde doch sowieso mit dem Auto in die Kreisstadt fahren und könne Lieselotte schnell nach Hause bringen. Die Aussicht auf eine interessante, geradezu spektakuläre Autofahrt trockneten Lieselottes Tränen sofort, und alles war in schönster Ordnung.

Heute würde Karen einmal pünktlich nach Hause kommen und schnell etwas Richtiges für das Mittagessen zubereiten können. Auch das hatte in der letzten Zeit unter dem Mordfall gelitten. In der letzten Woche hatten sie immer abwechselnd Nudeln und Tiefkühlpizza gegessen, und auch das recht spät.

So verabschiedete sie sich hastig von Werner, dankte ihm dafür, dass er Lieselotte mitnahm, trug noch schnell die bahnbrechende Einführung der Multiplikation ins Klassenbuch ein und floh mit einem laut gerufenen „Tschüß" an die Kolleginnen aus der Schule.

Ja, natürlich gab es noch mehr Kolleginnen, auch wenn die Schule klein war. Doch gerade jetzt, in dieser Situation, erwiesen sich die Strukturen nicht als sehr tragfähig. Nicht dass man nicht an einem Strang zog, das war schon der Fall, nur zeigte sich ausgerechnet in diesem Schuljahr, wie gering doch ihre Kräfte waren.

So hatte Marion, die Kollegin, mit der Karen schon am längsten zusammenarbeitete, Klasse 1 und 2 zusammen übernommen, da es dort nur 11 bzw. 12 Schüler gab. Das war an und für sich nicht das

Problem, denn Klassenzusammenlegungen waren sie gewohnt, und es klappte bei so kleinen Klassen im Normalfall auch ganz gut.

Nur war es in diesem Jahr kein Normalfall. Peter Schneider war in die erste Klasse eingeschult worden – ein Kind, das neben Sprech- und Sprachproblemen auch eine schwere Persönlichkeitsstörung aufwies.

Die Mutter hatte sich nach Jahren der körperlichen und sexuellen Misshandlung durch ihren Ehemann endlich in ein Frauenhaus geflüchtet, hatte dort Rat und Hilfe gefunden und war nach einem halben Jahr nach Walsdorf in eine kleine Einliegerwohnung gezogen. Sie war eine sehr ängstliche und anstrengende Mutter, da sie immer noch voller Furcht war.

Neben den Existenzsorgen und der Einsamkeit, die mit der Trennung einhergingen, machte sich diese Frau auch noch heftige Sorgen, dass ihr Mann, der bis zum Prozessbeginn auf freiem Fuß war, sie aufspüren und zusammenschlagen würde. Sie brachte den Jungen zur Schule und seine Schwester Corinna in den Kindergarten und holte beide auch wieder ab. Diese Gelegenheiten nutzte sie dann jedes Mal, um sich ausführlich mit Marion zu unterhalten. Das war sicher über längere Zeit ihr einziger täglicher Kontakt.

Also hatte Marion - neben dem anstrengenden Unterricht mit dem völlig verstörten Peter, der zu Hause ja alles mitbekommen hatte – gerade in diesem Jahr genug an zusätzlichen Belastungen.

Aus dieser Angelegenheit resultierte übrigens auch Karens Meinung über die Qualität des Schulpsychologischen Dienstes, hatte doch der eingeschaltete Psychologe kurz und bündig den armen Peter für nichtbeschulbar erklärt und einen stationären Aufenthalt in einem Landeskrankenhaus, Abteilung Psychiatrie, vorgeschlagen. Damit war der Fall für ihn erledigt. Wenn die Lehrkraft mit diesem Urteil nicht übereinstimmte, hieß es für ihn noch lange nicht, sich andere Maßnahmen überlegen zu müssen. Das war dann nicht mehr sein Problem.

Doch damit nicht genug, machte Anne, die Lehrerin der 3.Klasse, die auch nur mit halber Stundenzahl beschäftigt war, gerade privat eine schwere Zeit durch. Ihr achtjähriger Sohn war ernsthaft erkrankt, er fieberte und spuckte, hatte Durchfall, und die Ärzte bekamen es nicht in den Griff. Er wurde auf allen Gebieten durchgecheckt, künstlich ernährt, hing mal am Tropf, dann ging es ihm besser. Es gab Wochen, da pendelte Anne voller Sorge zwischen Schule und Krankenhaus hin und her. Es gab auch Tage, da kam sie gar nicht, weil es nach einer Phase des Aufschwungs plötzlich wieder einen Fieberschub von über 40°C gab und sie sich nicht traute, das Kind der Tagesmutter zuzumuten, die sie inzwischen schon engagiert hatte.

Natürlich sprachen die drei Lehrerinnen in den Pausen viel miteinander, wenn sie zwischen den streitenden Kindern auf dem Schulhof hin- und herwanderten. Sie telefonierten neuerdings auch viel und trafen sich mitunter sogar am Nachmittag bei Anne, weil diese oft nicht recht weg konnte. Dennoch war es im Moment einfach eine Belastung, die so geballt war, dass es an die Substanz ging.

Karen ertappte sich oft dabei, dass sie die Tage bis zum Wochenende zählte. Ihre privaten Kontakte schliefen fast ein, da sie sich am Wochenende nicht aufraffen konnte, irgendetwas zu unternehmen. Sie hatte sich richtig dazu zwingen müssen, zum 40. Geburtstag ihrer Freundin zu gehen, zu dem sie schon lange eingeladen war. Natürlich war der Mord das Hauptthema geworden, als jemand mitbekam, dass sie jene Karen Frei war, welche die Leiche „gefunden" hatte.

Es gab Menschen, die sich einfühlen konnten, wenn Karen bekundete, dass sie keine Lust habe, darüber zu sprechen, aber es waren auch immer einige dabei, die sich diese Chance nicht entgehen lassen wollten und total penetrant waren. Nun wollte Karen auf so einer privaten Feier auch nicht laut werden. Also blieb sie den ganzen Abend immer auf der Flucht vor diesen Neugierigen, außerdem war sie so müde und kaputt, dass bei ihr überhaupt keine Feierstimmung aufkam. Sie verließ die Feier früh und hoffte, dass ihre Freundin Verständnis haben würde.

Das war es, was Karen an dem momentanen Zustand am meisten hasste. Dauernd musste sie, die sich eigentlich gerne als autark und stark sah, um Verständnis bitten, bei allem und jedem, jedenfalls kam es ihr so vor. Dieser Zustand der Schwäche belastete sie am meisten, und sie konnte so wenig daran ändern. Im Gegenteil: Sie konnte noch froh sein, dass ihre Tochter Fee alles als Abenteuer sah und wegsteckte und sich in ihren Aktivitäten nicht einschränken ließ. Karen war sehr dankbar dafür.

Sie hatte solche Angst gehabt, dass Fee an den Tod ihres Vaters vor acht Jahren erinnert werden würde, an diesen schrecklichen Tag, als ein Milchwagen ins Schleudern geraten war und das Auto von Fees Vater Bertold gegen eine Betonwand gepresst hatte.

Damals hatte die fünfjährige Fee ihre Trauer und ihre Wut darüber, dass der Vater sie verlassen hatte, durch Fingernägelkauen, Bettnässen und schreckliche Trotzszenen abreagiert. Karen und Fee hatten beide lange gebraucht, um mit dem Verlust fertig zu werden.

Dann hatte Karen sich vor etwas mehr als fünf Jahren als Schulleiterin an diese kleine Schule in dem Dorf beworben, in dem sie wohnten. Das war so eine Tat im Andenken an ihren Mann, denn sie hatten beide immer darüber gesprochen, dass es eine gute Idee wäre, sich zu bewerben, wenn der alte Schulleiter in Pension gehen würde.

Wenn es mit der Bewerbung klappte, hätten beide auch an ein zweites Kind gedacht. Und nun war alles so anders gekommen. Die Bewerbung war damals die erste aktive Tat nach dem Tod ihres Mannes gewesen. Fast drei Jahre lang hatte sie unterrichtet und ihre Tochter versorgt, den Haushalt gemacht usw., alles ohne eine innere Beteiligung; alles wie unter einer Glasglocke.

Als dann das Nachrichtenblatt mit der Ausschreibung der Schulleiterstelle in Walsdorf kam und eine Kollegin sie auf die Ausschreibung aufmerksam machte, hatte Karen plötzlich im Lehrerzimmer gestanden und so geweint, geheult, geschluchzt, wie sie es seit dem plötzlichen Unfalltod ihres Mannes nicht gekonnt hatte. Es war, als würde tatsächlich plötzlich ein Damm brechen. Die Kollegin war ganz aufgelöst. Sie hätte ja nicht gewusst, dass ... ja, was denn eigentlich? Karen hatte ihr unter Geschluchze versichert, es sei alles in Ordnung, es sei ein befreiendes Weinen. Daraufhin hatte die Kollegin Karens Klasse mit einer Stillarbeit beschäftigt, damit Karen Zeit hatte, sich zu fangen.

Ja, das war so ein deutlicher Wendepunkt gewesen. Karen hatte sich einen Strauß Rosen gekauft und ihn zu Hause in die Stube gestellt und ihre Tochter mit ihrem Lieblingsessen überrascht. Die beiden waren statt zum Basketballtraining nachmittags ins Kino und hinterher ins Eiscafé gegangen und hatten über die Bewerbung gesprochen, über Papas Tod geweint – und von da an hatte Karen in die Zukunft geguckt.

6

Während ihr diese Gedanken durch den Kopf gingen, war Karen die paar hundert Meter mit dem Auto nach Hause gefahren, hatte den Hund in den Garten gelassen, ihm ein paar Mal seinen Stock zum Apportieren geworfen und schon mal den Backofen auf Vorheizen gestellt. Jetzt ging sie rasch ihre Vorräte durch und entschied sich für einen Kartoffel-Lauch-Auflauf mit Schafskäse und Pilzen.

Sie schnippelte und dünstete und quirlte Eier. Dabei wunderte sie sich über ihren plötzlich so fröhlich-gelassenen Gemütszustand. Sie fühlte sich innerlich ruhig und ausgeglichen. Als der Auflauf im Ofen war, setzte sie sich an den Küchentisch und las die Zeitung.

Sie war gerade fertig und beim Tischdecken, als Fee klingelte. Karens Tochter schnupperte in die Luft und stellte überrascht fest: „Du hast gekocht!" Das war seit Tagen nicht mehr passiert, denn Nudeln und Tiefkühlpizza zählten nicht.

Erstaunt nahm Fee am Küchentisch Platz, und man sah ihr an, dass sie nach dem Grund des Ganzen suchte. Sie aß mit Appetit und erzählte ausführlich von ihrem Schultag, von ihrem Schwarm Per, der in die zehnte Klasse ging und sie überhaupt nicht wahrzunehmen schien, und fragte, was sie dagegen unternehmen könne.

Überrascht stellte Karen fest, dass ihre kleine Tochter weibliche Formen bekam und Interessen hatte, die Karen bisher verborgen geblieben waren.

Fee hatte wohl instinktiv gespürt, dass ihre Mutter nicht belastbar war – vielleicht aufgrund des abwesenden, gestressten Gesichtsausdrucks, den Karen in den letzten Wochen gehabt hatte – und hatte ihre kleinen Sorgen und Kümmernisse für sich behalten. Nun sprudelte vieles aus ihr heraus, was wohl länger in ihr gegoren hatte. So überlegte sie sich beispielsweise ernsthaft, ob Per ihr mehr Beachtung schenken würde, wenn sie anfangen würde zu rauchen, denn er würde auch rauchen und dann hätte man ein Thema, über das man in Kontakt kommen könne.

Karen war entsetzt. Sie hatte ein schlechtes Gewissen, dass sie für ihre Tochter die ganze Zeit kein Gesprächspartner gewesen war. Ihr war klar, dass sie hier behutsam an das noch vorhandene Vertrauen anknüpfen musste.

So dachte sie sich gemeinsam mit Fee Strategien aus, wie Pers Aufmerksamkeit zu erlangen sei. Das Thema des Rauchens ließ sie vorerst unkommentiert, da sie fürchtete, jede Bemerkung würde in die falsche Richtung gehen. Dazu war die Vertrauensbasis noch zu schmal. Natürlich hätte sie Fee gern gesagt, dass dieser Per es gar nicht wert sei, dass sie sich für ihn Lungenkrebs einhandele, aber die Erinnerung an ihre eigenen verzweifelten Versuche, die Aufmerksamkeit des Klassenstars auf sich zu lenken, ließen sie still bleiben.

Es war so ein geflügeltes Wort, dass sicher in vielen Bereichen der Erziehung seine Richtigkeit hatte: Jeder muss seine Erfahrungen selber machen. Karen hatte es tatsächlich schon oft bemerkt, dass ein gewisses Maß an Erfahrungen von den Schülern erlebt werden musste.

Als Pädagoge konnte man nur helfen, diese Erfahrungen zu anzusprechen und bewusst zu machen, um den Kindern zu ermöglichen, dass sie „daraus eine Lehre ziehen" und nicht das nächste Mal den gleichen Fehler wiederholen. Sicher gab es Grenzen und Verbote, doch ein gewisses Maß an Erfahrungsspielraum zuzulassen war genauso wichtig.

Am schwierigsten fand Karen es nach wie vor, nach einem von ihr vorhergesehenen Scheitern eines Kindes nicht selbstgefällig in ein „Das hab ich ja gleich gesagt" zu verfallen. Das machte zumeist den gerade gesammelten Erfahrungswert wieder zunichte.

Nun war sie also in der Beziehung zu ihrer Tochter auf eine neue Ebene gelangt. Es würde sicher nicht lange dauern, bis es um enge T-Shirts, Schminke und Diskobesuche gehen würde, auch das Taschengeld würde wieder einmal Thema sein. All das machte Karen keine Angst, damit konnte sie umgehen und diskutieren und verhandeln ohne Ende. Sorgen bereitete ihr das Schweigen, der Rückzug ihrer Tochter. Da musste sie wieder genauer hinhören und Aufmerksamkeit zeigen, sonst riss das Vertrauensband, und dann war es schwierig wieder anzuknüpfen.

Nachdem sie Fee zum Basketballtraining nach Westenstedt gefahren hatte, schlenderte sie durch die Stadt und landete – wie schon lange nicht mehr – in der Buchhandlung. Sie kannte den Buchhändler gut. Die beiden waren zusammen zur Schule gegangen und hatten in einer Laienspielaufführung damals ein Liebespaar mimen müssen, obwohl sie sich zu dem Zeitpunkt fast gar nicht kannten.

Die langen Turtelszenen auf der Bühne schweißten doch zusammen. Bei einer innigen Umarmung hatte er es sich zum Sport gemacht, Karen einen Witz ins Ohr zu flüstern, so dass diese ihre ganze Kraft und Konzentration zusammennehmen musste, um nicht die Szene zu schmeißen. Danach hatten sie sich befreundet und waren es noch immer, ohne dass der berühmte Funke übergesprungen war.

Heute lebte Sven mit einem Freund zusammen, und Karen war sich nicht sicher, ob er nun schwul war oder nicht. In solchen Dingen war sie immer so unbedarft gewesen. Jedenfalls hatte ihre Bühnenfreundschaft gehalten, und sie ging mitunter einfach mal zur Entspannung in den Buchladen, aber in der letzten Zeit hatte sie es nicht mehr geschafft.

Als sie nun eintrat und sah, dass die Inneneinrichtung des Buchladens völlig verändert war, war sie überrascht. Sie gratulierte Sven, und der winkte ab: „Die neuen Regale seien ja nun schon zwei Monate drin." Daran merkte Karen mit einem Mal schmerzlich, wie lange sie nicht hier gewesen war, wie lange sie es zugelassen hatte, dass dieser Mord ihr Leben ausfüllte.

Sie kam sich vor wie neugeboren. Der Albdruck wich, und die Kopfschmerzen, die sie die ganze Zeit gehabt hatte, waren plötzlich weg. Karen wandelte staunend zwischen den Bücherregalen hin und her, solange Sven Kundschaft hatte, und ließ sich dann auf ein Gespräch mit ihm ein.

Sven sah gar nicht gesund aus, und als sie ihn darauf ansprach, gestand er ein, seit einigen Tagen nicht schlafen zu können. Sein Vater sei vor einer Woche verstorben: Herzinfarkt, und seitdem quälte Sven sich mit der Tatsache, dass es noch so viel Unausgesprochenes zwischen ihm und seinem Vater gegeben habe.

Genaugenommen war es gar nicht Svens Erzeuger. Der hatte sich von Svens Mutter getrennt, als Sven drei war. Es war sein Stiefvater, und Sven hatte ihn das in der Pubertät auch deutlich spüren lassen. Die beiden hatten so manche Kämpfe ausgefochten. Sven hatte in dieser empfindlichen Zeit aus Eifersucht und Unsicherheit alles, was in seinem Leben nicht klappte, dem Stiefvater angelastet.

Das erste und größte Problem war, dass Sven ihm vorwarf, dem Vater die Mutter ausgespannt zu haben; seinen „richtigen" Vater vertrieben zu haben. Das war, wie Sven wusste, völlig aus der Luft gegriffen. Svens Mutter hatte ihren zweiten Mann erst anderthalb Jahre nach der Trennung von dem ersten Mann kennen gelernt.

Dann warf Sven seinem Stiefvater vor, er sei Schuld daran, dass der Kontakt zu seinem leiblichen Vater abgebrochen sei. Auch diese Behauptung war ungerecht, denn Svens Vater hatte nach der Trennung nie sein Besuchsrecht in Anspruch genommen.

Aber mit 16 Jahren hatte Sven sich einmal heimlich auf den Weg gemacht, um seinen Vater zu besuchen. Er lebte in der Nähe der nächsten Großstadt, und es hatte Sven viel Mühe gekostet, die Adresse ausfindig zu machen. Er wusste heute selbst nicht mehr, was er sich vorgestellt hatte, wohl etwas mit Wiedererkennen, Freude und Stimme des Blutes.

Als dann dieser ihm völlig unbekannte Mann die Tür aufmachte, mit einem kleinen Kind auf dem Arm, und auf Svens Enthüllung, dass er sein Sohn sei, mit einem ängstlichen Blick über die Schulter reagierte, brach in Sven eine Vision zusammen wie ein Kartenhaus.

Der Vater hatte dann gesagt, Sven solle in dem Café um die Ecke warten. Er würde kommen und ihm Geld geben, aber hier dürfe er sich nie wieder blicken lassen. Sven war nicht in das Café gegangen, sondern nach Hause gefahren und hatte das Gefühl, ihm sei der Boden unter den Füßen weggerissen worden.

Seitdem hatte er den Stiefvater mit anderen Augen gesehen, nach und nach sein Verhalten geändert, aber sich nie mit ihm ausgesprochen, und das machte ihm nun zu schaffen.

Karen versuchte zu trösten, sie erklärte Sven, dass sie sich sicher sei, dass der Stiefvater es auch so gespürt habe, dass Sven ihn liebgehabt hätte.

Bei dieser Äußerung brach Sven plötzlich in Tränen aus, und Karen schob ihn schnell ins Büro, da gerade eine Kundin in den Laden trat. Zum Glück kannte Karen die Frau, die nur ein Buch bestellen wollte, und konnte die Bestellung aufnehmen und die Frau verabschieden. Als sie ins Büro ging, sah sie, dass Sven sich soweit gefangen hatte, dass er zwei Becher Tee gemacht hatte.

Beim Teetrinken erzählte Sven von seinem Stiefvater und erklärte Karen, dass er seit dem Tod, auch bei der Beerdigung, nicht geweint habe und dass er sich jetzt wie erleichtert fühle. Karen ermutigte ihn, mit seiner Mutter über die Gefühle für seinen Stiefvater zu sprechen und sah dann auf die Uhr.

Es war an der Zeit, Fee wieder vom Basketballtraining abzuholen. Im Hinausgehen rief Sven ihr noch nach, dass ihre Lieblingsautorin ein neues Buch geschrieben habe, und Karen versprach, bald wieder vorbeizukommen, um sich mit Lesestoff einzudecken.

Fee hatte gute Laune, da ihre Mannschaft beim Abschlussspiel gewonnen hatte und die Trainerin sie gelobt hatte. Sie machten Halt beim Imbiss und gönnten sich jeder eine Portion Pommes Frites mit Majonäse. Zu Hause setzte Fee sich an den Computer, sie wollte ins Internet, und Karen schnappte sich Krümel und machte einen langen Spaziergang.

Auch diese Angewohnheit hatte sie nach der Entdeckung des Toten aufgegeben. Während des Spaziergangs staunte sie, wie ein Ereignis solch tiefgreifende Änderungen im Lebensablauf auslösen konnte. Sie dachte daran, dass ein weiteres Ereignis, nämlich das Auftauchen des Praktikanten Werner Kesselschmied, wiederum eine größere Veränderung herbeigeführt hatte. Ihre Gedanken blieben bei dem Vormittag und bei diesem Werner eine ganze Weile. Inzwischen fand sie es schade, dass er nicht wiederkommen würde.

Dann wendeten sich ihre Gedanken zu dem Gespräch mit Sven, und sie wunderte sich darüber, wie es Menschen doch immer wieder gelang, sich selbst zu belügen und betrügen, und wie plötzlich mitunter eine Korrektur des selbstgebauten Bildes erfolgte, so wie bei Sven, als sein leiblicher Vater sich so ängstlich von seiner Anwesenheit freikaufen wollte.

Wieder einmal nahm Karen sich vor, im Hier und Jetzt zu leben, sich ihre Gefühle anderen Menschen gegenüber klar zu machen und diese auch auszusprechen oder auszudrücken.

In dieser Nacht schlief Karen das erste Mal seit langer Zeit wieder tief und fest und ohne beunruhigende Träume oder Herumgewälze. Der Wecker holte sie morgens aus dem Schlaf, und sie fühlte sich erfrischt. Als sie ins Auto steigen wollte, fiel ihr ein, dass sie ja auch diese Angewohnheit mal wieder durchbrechen könne, und sie nahm das Rad.

An der Schule waren zu ihrer Verwunderung noch gar keine Kinder. Doch als sie näher kam, sah sie, dass alle auf dem Schulhof ein großes Gewusel veranstalteten. Alles knäuelte durcheinander. Hoffentlich verletzte sich nicht gleich schon jemand vor dem Unterricht, und sie war ohne Auto.

Karen schloss die Schule auf und sprach einen Moment mit Marion. Die war gerade mit dem Auto um die Ecke gekommen. Marion sagte: „Na! Heute mit dem Rad? Du traust dich ja was! Ich dachte schon, du hättest ein neues Auto, denn auf dem Parkplatz steht ein roter Golf. Weiter kamen die beiden nicht, denn die Schulkinder stürmten mit ihren Ranzen zum Eingang und stellten sich auf.

Während sie die Kinder hineinließen, berichtete Marion schnell von den neuen Ideen, die sie bezüglich ihres schwierigen Peters ausprobieren wollte. Sie fragte Karen, ob sie im Falle eines Falles

Peter auch mal in Karens Klasse schicken dürfe. Sie wolle mal auf die Einhaltung einiger Grundregeln bei ihm hinarbeiten, und eine Isolierung wäre ja eine logische Konsequenz, wenn es mit dem sozialen Miteinander nicht klappte.

Karen zögerte noch und dachte an ihre Probleme in der Klasse, als zu beider Erstaunen Werner Kesselschmied vom Schulhof herübergeschlendert kam. Er sah etwas erhitzt und verstrubbelt aus, so dass Karen sofort klar war, dass er der Grund für das Geknäuel vorhin gewesen sein musste.

Während er sich durch die Haare fuhr und seine Sachen ordnete, begann er etwas zögernd zu erzählen: Es wäre im Schulpsychologischen Dienst zu einer größeren Auseinandersetzung gekommen, und er habe beschlossen, das Projekt für seine Examensarbeit bei diesem Professor aufzugeben. Ihm sei die Situation in Karens Klasse den ganzen Nachmittag nicht aus dem Kopf gegangen, und so habe er mit einer Professorin gesprochen, ob es nicht eine Möglichkeit gäbe, etwas über die Auswirkungen so eines Verbrechens auf die kindliche Psyche zu schreiben.

Die Professorin habe sich sehr aufgeschlossen gezeigt, und beide waren so verblieben, dass Werner, wenn er dürfe, eine Woche hospitieren und Hintergrundmaterial sammeln wolle. Dann habe er einen ersten Sichtungstermin mit der Professorin, und sie würden dann gemeinsam ein Thema festlegen.

Nun wäre es an Karen, ihn gewähren zu lassen oder sich zu weigern. Sie solle sich frei fühlen, ja oder nein zu sagen. Er könne mit Leichtigkeit ein anderes Thema auswählen oder das Ganze auf eine mehr theoretische Ebene stellen oder was auch immer, und er würde es gut verstehen, wenn sie sich damit überfordert fühlte.

Beinahe hatte Karen den Eindruck, dass er ein Nein hören wolle. Sie hatte sich jedoch schon nach den ersten Sätzen für eine Zustimmung entschieden. So sagte sie nun, er könne gern die Woche hospitieren und Informationen bekommen, wobei der Datenschutz natürlich gewahrt bleiben müsse.

Daraufhin gab sie Marion „grünes Licht" für ihre Maßnahmen mit Peter, denn sie hatte ja nun Verstärkung, und begann mit dem Unterricht. Sie besprach noch einmal mit Lieselotte und den beiden Hobbydetektiven und der gesamten Klasse die Auswirkungen, die wild ausgestoßene Verdächtigungen haben können. Sie machte eine Phantasiereise und wechselte dann das Thema, um die schriftliche Multiplikation zu vertiefen.

In der großen Pause hatte sie Zeit, um mit Anne zu sprechen, deren Sohn mal wieder im Krankenhaus war und auf ein neues Medikament eingestellt wurde, in der Hoffnung, dass dies die Ursache des Übels beseitigen würde.

Auch Marion stand mit ihrem Kaffeebecher dabei, denn Werner hatte sich angeboten, die Pausenaufsicht zu übernehmen, um sich mit den Kindern bekannt zu machen, und außerdem bräuchte er dies als Ausgleich für das passive Zuhören während der Stunden.

Das Resultat war, dass Werner am Ende der Pause noch verschwitzter und zerstrubbelter aussah als am Morgen. Doch auch die Kinder machten einen etwas erschöpften Eindruck, so dass sie sicher gut stillsitzen würden.

So schaffte Karen an diesem Tag auch noch das Einüben des richtigen Verhaltens auf dem Fahrrad beim Linksabbiegen. Auch in Deutsch war es ein Stück vorangegangen beim Erkennen der Verben, und bis auf eine „Fastprügelei" und einen Tränenausbruch war der Vormittag recht ruhig über die Bühne gegangen.

Mittags sprachen Karen und Werner dann noch einige Zeit über die verschiedenen Möglichkeiten, ein Examensarbeitsthema auszuwählen. Es war Werner wichtig, dass es auch Karen in ihrem Bemühen um das Herstellen von Normalität half, denn er als Praktiker sträube sich wahnsinnig gegen dieses „Herumtheoretisieren" und habe das andere Examensarbeitsthema auch nur gewählt, da der Professor es ihm geradezu aufgedrängt und es so bequem ausgesehen hatte.

Ganz in Gedanken war Karen bei diesen Ausführungen mit zum Schulparkplatz gegangen und hatte den Autoschlüssel schon in der Hand, als ihr einfiel, dass sie heute ja mit dem Rad gekommen war. Also wieder zurück. Sie verabschiedete sich von Werner und ging am Schuleingang vorbei zum Fahrradständer.

Als sie die Schultür passierte, rief Herr Behrens, der Hausmeister und Reinigungskraft der Schule war, dass Frau von Meyenstein ihn gebeten hätte, an den pädagogischen Treff heute Nachmittag zu erinnern: 15.00 Uhr im Kindergarten.

Dieser pädagogische Treff war eine der ersten Sachen, die Karen eingeführt hatte. Berta von Meyenstein, die Kindergartenleiterin, die schon fast die dritte Generation von Walsdorfer Kindern „in der Mangel" hatte, war zu Beginn sehr skeptisch gewesen. Ihre Gedanken waren wohl in Richtung von „neue Besen kehren gut" gegangen. Doch hatte sie keine Möglichkeit gesehen, sich gegen ein Treffen von Lehrkräften, Schulelternbeirat, Erzieherinnen und Elternvertreterinnen des Kindergartens zu stellen.

Nachdem Berta dann feststellen konnte, dass auch in der dritten Sitzung keine Kritik an ihrer Arbeit kam, sondern im Gegenteil ihre Kenntnisse des Dorfes gefragt waren, entspannte sie sich sichtlich und brachte nun selbst auch den einen oder anderen Neuerungsvorschlag ein.

Die Themen der vierteljährlichen Treffen waren ganz unterschiedlich. Es wurde abwechselnd in der Schule und im Kindergarten getagt. Mal sprach man über einzelne Kinder, mal über Dinge, die angeschafft und gemeinsam genutzt werden könnten.

Dann wurden Probleme mit dem Busverkehr besprochen oder das Verhalten auf dem Schulhof diskutiert. Der Hof wurde von Schule und Kindergarten gleichermaßen genutzt. Die Schule war in einem alten, fast ehrwürdigen Gebäude untergebracht, in dem noch eine der Lehrerwohnungen als Hausmeisterwohnung existierte, die von Herrn Behrens und seiner Frau bewohnt wurde. Die andere

Wohnung war zu zwei Klassenräumen und einem kombinierten Lehrerzimmer/Lehrmittelraum umgebaut worden.

Als dann vor einigen Jahren das Kindertagesstättengesetz in Kraft trat und die Frage nach Kindergartenplätzen immer dringlicher wurde, hatte man die Kinderstube der Nachbargemeinde, die ein eher kümmerliches Dasein im Gemeinschaftsraum des Feuerwehrhauses fristete, und die Kindervormittagsspielgruppe von Walsdorf, die im Gasthof „auf'm Saal" ein Unterkommen gefunden hatte, zusammengetan und einen Kindergartenneubau auf der anderen Seite des Schulhofes geplant.

Die Erzieherinnen wurden – soweit sie es wollten – weiterbeschäftigt, und Berta von Meyenstein wurde die Leiterin, da alle anderen Erzieherinnen nicht bereit waren, diesen Part zu übernehmen. Sie hatte aufgrund ihrer lange zurückliegenden – und ihrer Meinung daher mangelhaften – Ausbildung oft ein Gefühl der Minderwertigkeit.

Doch Karen, die von Marion vorgewarnt worden war, hatte den richtigen Tonfall gefunden, um Berta ihre Minderwertigkeitsgefühle zu nehmen. Sie hatte nämlich als erstes im Kindergarten um ein Gespräch gebeten, um sich ein Bild über die einzuschulenden Kinder machen zu können. Bei diesem Gespräch hatte sie Berta spüren lassen, dass sie ehrlich an ihrer Beschreibung der Kinder interessiert war.

Am Ende war das Gesprächsklima so entspannt, dass Karens Bitte mit dem pädagogischen Treff nichts mehr entgegengesetzt werden konnte, und bis jetzt waren aus dieser Zusammenarbeit schon viele fruchtbare (für manche Gemeindemitglieder vielleicht auch furchtbare) Gedanken entsprungen: Das Kindervogelschießen im Sommer hatte sich von einem ehrgeizigen Wettbewerb in ein Spielfest verwandelt. Eine Erzieherin mit Sprachheilzusatzqualifikation wurde einige Stunden freigestellt, um die sprachgestörten Kinder in der Schule zu therapieren. Außerdem wurden viele Elternabende zu bestimmten Themen gemeinsam angeboten.

Gut, dass Herr Behrens Karen noch einmal erinnert hatte. Diesen Termin hatte sie völlig vergessen. Nun entsann sie sich wieder, dass es um eine erste Vorbesprechung des Vogelschießens gehen sollte. Sicher würde – wie sollte es anders sein – der Mord und seine Auswirkungen auf die Kinder, auch im Kindergarten, Thema sein, genauso wie Peter Schneider und seine Schwester Corinna, die noch im Kindergarten war.

Also radelte Karen schnell nach Hause, bereitete Kartoffelbrei aus der Tüte mit Spiegelei und Pilzsoße zu, hörte sich Fees Kummer mit Per an und radelte nach einer kurzen Pause auf dem Sofa wieder los.

7

Bei dem pädagogischen Treff war – entgegen aller Überlegungen, die Karen angestellt hatte – das erste Thema: der Praktikant Werner. Berta hatte sein Auto gesehen, und Herr Behrens, der auch im Kindergarten Reparaturarbeiten ausführte und sauber machte, hat sie über Werners Person aufgeklärt, denn Werner hatte sich ihm vorgestellt.

So ging es also eine Weile mit Gefrotzel hin und her. Da blieb auch ein: „Das wäre doch ein Mann für dich!" nicht aus, bei dem Karen überrascht feststellte, dass sie rot wurde. Eine Erzieherin meinte, sie hätte doch auch solche Probleme in ihrer Gruppe durch den Mord und ob Karen Werner nicht ausleihen könne, sie glaube, er könne ihr schon gefallen. So ging es eine Weile hin und her. Doch dann wurde konkret und intensiv an den Themen gearbeitet, die Karen bereits im Kopf gehabt hatte.

Es war allen klar, dass die Situation mit Peter und Corinna erst besser werden könne, wenn der Vater verurteilt sei und seine Strafe abzusitzen hätte. Erst das Wissen um den Aufenthaltsort ihres Peinigers würde die Mutter befähigen, den erdrosselnden Klammergriff zu lockern, in dem sie ihre Kinder hielt. Bis dahin war es nur möglich, eine Normalität dadurch zu erreichen, dass andere Kinder ermuntert wurden, zu Schneiders zum Spielen zu gehen, oder dass Mütter gebeten wurden, Frau Schneider bei ihren Aktivitäten mitzunehmen. So hatten sie es zum Beispiel über Marion – denn sie war die ausgewählte Vertraute von Frau Schneider – geschafft, dass der Westenstedter Fahrlehrer es in den ersten Fahrstunden zuließ, dass beide Kinder mit im Auto saßen.

Sonst hätte Frau Schneider keinerlei Chance gehabt, zügig den Führerschein zu machen, den sie in einem kleinen Dorf wie Walsdorf, wo es noch nicht einmal einen Kaufmann gab, so dringend benötigte.

Auf die Art war die kleine Familie nun wenigstens mobil, und außer den notwendigen Einkaufstouren konnte Frau Schneider mit den beiden Kindern zum Kinderturnen oder ins Schwimmbad fahren.

Auf der anderen Seite hatten Führerschein und Kauf einer billigen Schrottkarre den schmalen Etat von Frau Schneider sehr belastet. Sie musste viel abstottern und war froh über Spenden von Kleidungsstücken für die Kinder. Auch das hatte Marion heimlich angeregt. In anderen Situationen hatten Marion oder auch Karen schon mal beide Kinder beaufsichtigt, wenn Frau Schneider einen Gerichts- oder Anwaltstermin hatte.

Leider war die Situation im Dorf nach dem Mord einer Entspannung der Lage nicht gerade zuträglich. Jetzt zeichnete es sich glücklicherweise ab, dass Frau Schneider etwas Zutrauen zu einer anderen Mutter gefasst hatte und auch schon mal mit einer Angst im Herzen bereit war, die Kinder dort spielen zu lassen, wenn sie weg musste. Denn aufgrund der Misshandlungen des Ehemannes waren jetzt auch einige Arztbesuche dringend erforderlich.

Diese Mutter hatte sich schweren Herzens dazu entschlossen, das Angebot zu machen, denn es war ja wirklich nicht sicher, dass der Vater nicht auftauchen würde. Nun hatte die Familie glücklicherweise ein großes Grundstück und zwei grimmig aussehende Schäferhunde, was sowohl Frau Schneider als auch der anderen Mutter ein Gefühl der Sicherheit gab.

Also war hier insgesamt eine Wendung zum Besseren zu verzeichnen, und Marion berichtete von dem Erfolg ihrer heutigen Maßnahmen. Peter hatte die sehr niedrig gehaltenen Anforderungen erfüllen könne, war gelobt worden und hatte gestrahlt wie ein Schneekönig. Dass er dann beim Anziehen der Jacke fast doch noch einen Wutanfall bekommen hätte, wurde eher als ein Nichtumgehen-Können mit dem Lob gewertet, und außerdem war es bei einem „fast" geblieben.

Die anderen Themen wurden kurz und knapp abgehandelt. Das Vogelschießen war zur Routine geworden, und über den Mord hatten sie sich schon so oft unterhalten, dass es auch hier keine neuen Aspekte gab.

8

Zu Hause stellte Karen plötzlich fest, dass sie beim Bügeln des schon lange fälligen Wäscheberges vor sich hin summte. Sie wußte überhaupt nicht, wann dass das letzte Mal vorgekommen war, und als Fee von ihrer Freundin nach Hause kam und erneut über ihren Schwarm Per und ihre Misserfolge in dieser Richtung sprechen musste, war Karen ruhig und geduldig.

Sie regte sich auch nicht auf, als Fee gestand, dass sie sich schon einmal eine Schachtel Zigaretten von Pers Lieblingsmarke gekauft hätte. Da dachte Karen nur: „Immerhin erzählt sie es dir noch. Da kannst du nur das Selbstbewusstsein stützen und abwarten und hoffen, dass sie von selbst auf die Unsinnigkeit ihres Vorgehens kommt."

Abends griff Karen sich den Telefonhörer und rief ihre Freundin Tilly an. Tilly, die von ihren Eltern den unglückseligen Namen Theodora mitbekommen hatte, war geschieden und hatte vier Kinder. Irgendwie war Karen plötzlich die Idee gekommen, sich mal wieder zu melden, und endlich hatte sie auch die Energie gefunden, es zu tun.

Die beiden hatten lange nichts von einander gehört. Tilly war damals nach dem Studium am Hochschulort wohnen geblieben und hatte den netten jungen Dozenten der Pädagogik geheiratet. Nach den glücklichen Jahren, den vier Kindern und der Petersilienhochzeit hatte dieser nette Dozent Carl plötzlich und für alle unerwartet seinen zweiten Frühling erlebt. Er war ausgezogen und wollte sich wieder auf sich selbst besinnen, da er sich von der Familie erdrückt fühlte.

Diese Rückbesinnung führte in kürzester Zeit dazu, dass er mit einer seiner Studentinnen ins Bett ging und daher nach einem Jahr die Verpflichtung für ein fünftes Kind auf sich nehmen musste. Inzwischen wohnte er wieder allein, und Karen und Tilly warteten auf die Nachricht von einem sechsten Kind.

Die Trennung war damals kurz vor dem Unfalltod von Karens Mann Bertold vollzogen worden, so dass die beiden Freundinnen sich in der Folgezeit oft anriefen, um sich gegenseitig zu trösten. Außerdem verstand sich Fee gut mit Tillys Tochter Andrea, die fast gleichaltrig war. So hatten sich die Mädchen oft an den Wochenenden besucht, denn Andrea und ihre Geschwister nahmen den Auszug ihres Vaters sehr schwer.

Es war Carl trotz seines pädagogischen Berufes nicht gelungen, den Kindern die Trennung verständlich zu machen. Die Aussage, dass die Familie – also auch die Kinder – ihn erdrücken würden, war nicht dazu angetan, Verständnis zu wecken. Schließlich hatten die Mädchen nicht das Gefühl, jemanden einzuengen, und es war ein bitteres Erlebnis, vom eigenen Vater als Last empfunden zu werden.

Es hatte darin gegipfelt, dass sich alle vier geschlossen weigerten, ihren Vater zu besuchen, sie wollten ihm schließlich nicht mehr „zur Last fallen". Nichtsdestotrotz litten die Mädchen sehr, besonders Andrea, die mehr als die anderen an ihrem Vater gehangen hatte.

Inzwischen hatte sich die Lage entspannt. Andreas Verhältnis zu Kally, wie sie ihn immer nannte, war wieder inniger geworden, und auch die anderen Mädchen pflegten wieder Kontakt zu ihrem Vater.

Karen erwischte mit ihrem Anruf Tilly gerade noch im Weggehen. Tilly hatte sich nach den langen Jahren der männlichen Abstinenz wieder mal verabredet, mit dem geschiedenen Vater eines Klassenkameraden von Paula, ihrer Ältesten, bei dem es die Mutter gewesen war, die relativ plötzlich einen Schlussstrich unter die Beziehung gesetzt hatte.

Dieser Mann hatte Paula schon ein paar Mal aus der Disko nach Hause gefahren, genauso wie Tilly seinen Sohn Ingo immer schon mal bei ihm abgeliefert hatte, wenn dieser an den Besuchs-wochenenden in die Disko ging. Solche Fahrdienste gingen immer reihum.

Im Zusammenhang mit der dreitägigen Fahrt der Klasse nach Lon-don hatten sich Tilly und Ingos Vater länger unterhalten, denn der Bus der Kinder verspätete sich auf der Rückfahrt um dreieinhalb Stunden. Danach hatte Ingos Vater angerufen und sie hatten sich ganz unverbindlich zum Essen ... Oh, da war der Wagen schon, also tschüß, und sie würde sich wieder melden.

Karen grinste etwas dümmlich vor sich hin, als sie den Hörer auflegte. Soso, ganz unverbindlich. Irgendwie war es in ihrem Alter und mit ihrem Status: alleinerziehend mit Kind, wirklich schwierig, unverbindlich Männer kennen zu lernen. Immer spürte man gleich eine Absicht dahinter.

Jetzt ertappte Karen sich plötzlich mit einem Kochbuch in der Hand. Ihr war eingefallen, dass Fee morgen früher Schulschluss habe. Vielleicht konnte sie Werner bitten, das gemeinsame Gespräch bei ihr zu Hause durchzuführen, nach einem gemeinsamen Mittagessen. Nicht dass Fee nicht allein zu Hause sein konnte, aber es war ja vielleicht eine Möglichkeit, ganz unverbindlich ...

So bereitete sie also eine vegetarische Lasagne vor, denn Werner hatte erwähnt, dass er kein Fleisch äße, und Fee mochte sowieso im Höchstfall Hackfleisch, weil es dann nicht mehr nach Tier aussah.

Sie würde Fee bitten, den Ofen anzustellen, wenn sie nach Hause kommt, so dass das Essen fertig sein würde, wenn Karen Schulschluss hat. Falls Werner keine Zeit hätte, würden sie eben zwei Tage lang Lasagne essen. Kein Problem! Auch in dieser Nacht schlief Karen gut.

9

Am nächsten Morgen stellte Karen bei dem Rundgang mit Krümel fest, dass die ersten Schneeglöckchen ihre Köpfe aus dem Boden hoben. Das gab ihr eine Idee für den Kunstunterricht in der vierten Klasse. Außerdem könnte sie die Gelegenheit nutzen, um noch einmal die Frühblüher zu wiederholen und die Naturbeobachtung der Schüler anzuregen. Also grub sie zu Hause eines der vorwitzigen Schneeglöckchen aus, setzte es in einen Blumentopf und nahm es mit in die Schule.

Der Vormittag verlief ruhig, was außer auf Werners Gegenwart sicher auch darauf zurückzuführen war, dass Klasse 1 und 2 lange beim Sport blieben, so dass der Schulhof in der Pause nicht so voll wurde. Außerdem fehlten sowohl die Kleininger-Tochter Maria als auch Raufbold Tobi. Es grassierte wieder mal eine Magen-Darm-Grippe.

So gab es weder Streit noch Tränenausbrüche, auch wenn die Kunststunden stets etwas schwierig waren, da die Schüler dort nicht auf ihrem Platz blieben, sondern mit Wasserbechern u. ä. durch die Klasse liefen. Dabei konnte man immer damit rechnen, dass ein Kind geschubst wurde und der Inhalt des Wasserbechers ausgerechnet in den einzigen nicht geschlossenen Ranzen kippte.

Außerdem gab es leicht Ärger, wenn das künstlerische Werk nicht den eigenen Ansprüchen genügte oder ein Klassenkamerad Kritik übte.

Aber heute war alles gutgegangen. Die ersten fertigen Werke zierten schon die Pinnwand. Die Schüler entsannen sich dunkel des Themas „Frühblüher" und brachten gute Beobachtungen zu der Frage ein, wo sie selbst bereits Schneeglöckchen gesehen hätten und warum wohl ausgerechnet dort die Blumen weiter waren als an anderen Stellen.

Werner war mit dem Vorschlag zum Mittagessen und zur Besprechung bei Karen zu Hause sehr einverstanden und schien sogar erfreut.

In dieser Stimmung konnte Karen sogar Marions Bericht über die Sportstunde von Klasse 1 und 2 als positiv sehen. Peter hatte es heute – trotz einiger Hilfen – nicht geschafft, die geforderten Regeln einzuhalten, hatte aber die Konsequenz, auf der Bank zu sitzen, bereitwillig hingenommen, obwohl die anderen sein Lieblingsspiel spielten. Also war auch hier ein Fortschritt zu verzeichnen.

So schob Karen ihr Rad in recht vergnügter Stimmung nach Hause und unterhielt sich dabei mit Werner.

Irgendwie waren sie plötzlich auf das Thema „Lebensentscheidungen" gekommen und auf die Wichtigkeit von Schule und Schulbildung. Werner berichtete von seiner „Null-Bock-Phase" in Klasse 8 und 9, die ihm zunächst den Weg zum Abschluss verstellt hatte. Er hatte dann mühselig über die Abendschule erst den Realschulabschluss und dann das Abitur nachgemacht. Alles neben dem anstrengenden Job in einem Kinderheim für Schwererziehbare. Durch die Arbeit mit diesen Kindern, die jedes Wort sofort auf dessen Wahrheitsgehalt hin überprüften und ein gutes Gespür für die Schwächen des anderen hatten, war Werner erst aufgewacht und hatte begriffen, dass sein Leben ihm gehörte und von ihm gestaltet werden musste.

Eigentlich hatte er nur möglichst ohne großen Aufwand seinen Zivildienst in dem Heim abreißen wollen, als seine Begegnung mit Daniel, einem sehr schwierigen, sehr cleveren vierzehnjährigen Jungen ihm die Augen öffnete. Daniels Eltern waren nie verheiratet gewesen, und der Junge hatte seit der Geburt schon mit sechs verschiedenen Vätern zusammengelebt, die sich mehr oder weniger um ihn gekümmert hatten.

Die Mutter arbeitete Schicht, so dass Daniel sich seine Zeit mit Ladendiebstählen und in Rowdycliquen vertrieb, bis ihn das Sozialamt ins Heim eingewiesen hatte, da er mehrfach beim Stehlen ertappt und die Mutter des öfteren von der Sozialarbeiterin betrunken angetroffen worden war.

Im Heim eroberte sich Daniel schnell eine Führerrolle und ließ den Zivi Werner von seinen Gefolgsleuten in der ersten Zeit mehrfach durchtesten. Diese Machtkämpfe und Angriffe waren es gewesen, die durch Werners „Null-Bock"-Schutzschild durchgedrungen waren und seinen Überlebenstrieb geweckt hatten.

Er hatte die Herausforderung angenommen und sich mit Daniel auseinandergesetzt. Durch die Nähe im Alter und weil Werner

Daniels Probleme nicht fremd waren, konnte er Zugang zu dem Jungen finden, der auch als „Schulversager" abgegangen wäre.

Bei einer dubiosen Wette nach einer ziemlich brenzligen Situation im Heim hatten die beiden ausgemacht, dass derjenige, der zuerst sein Abitur schafft, von dem anderen eine Woche lang bedient werden müsse.

Beide hatten sich an der Abendschule angemeldet: Werner, da er tagsüber arbeiten musste, und Daniel, da es die einzige Schule war, die bereit war, es mit ihm zu versuchen. Während Daniel tagsüber Zeit zum Lernen hatte, gingen die Jahre bei Werner ziemlich an die Substanz.

Doch merkwürdigerweise sprang Daniel plötzlich in die Bresche, als Werner ein Nichtbestehen drohte, und zog ihn durch gezieltes Nachhilfetraining durch, so dass beide zeitgleich ihre Prüfung bestanden, wenn Daniels Notendurchschnitt auch sehr viel besser war als Werners.

Werner hatte sich entschlossen, Psychologie zu studieren; Daniel übrigens auch und beide standen immer noch in Kontakt. Werner vermutete, dass er der Mann in Daniels Leben sei, der es zeitlich am längsten mit ihm ausgehalten habe. Lachend meinte er, das läge vielleicht daran, dass er nie Kontakt zu Daniels Mutter hatte.

Aus dem Erzieher-Heimkind-Verhältnis hatte sich längst eine Freundschaft entwickelt, wobei Werner Daniel auch geholfen hatte, seine Ängste zu überwinden, als es um ein Mädchen ging, das dieser mochte, und nicht wusste, wie er sie ansprechen konnte. Nun sollte bald – nach der Examensarbeit – Hochzeit sein, und natürlich war Werner Trauzeuge.

10

Während dieser Erzählungen waren Werner und Karen an Karens Haus angekommen. Karen hatte den Hund in den Garten gelassen, wo Werner ihm ein paar Mal sein Stöckchen warf. Dann hatte sie das Essen vorbereitet und Werner hatte beim Salatwaschen geholfen. Zum Nachtisch war Vanille-Eis geplant, es müssten also alle satt werden.

Fee hatte bereits den Ofen angestellt. Sie war – wie immer bei Fremden – zuerst sehr kritisch und zurückhaltend Werner gegenüber. Doch der fand durch seine Arbeit mit Jugendlichen wohl gleich den richtigen Ton, denn Fee erzählte bald fast so frei von ihren schulischen Dingen, als wäre er nicht dagewesen. Nur das Problem Per wurde ausgeklammert. Das würde Karen dann wohl abends anhören müssen.

Nach dem Essen ging Fee an den Computer, und Karen und Werner diskutierten die Möglichkeiten der Examensarbeit und besprachen die Hintergründe der verschiedenen Probleme der Kinder. Werner wusste von der Professorin, dass sie gut und anspruchsvoll war, und er wollte daher gut vorbereitet in das Gespräch gehen.

Als Karen dann Fee zu irgendeinem „hochwichtigen" Treffen mit einer Freundin fahren musste, verabschiedete sich Werner auch. Er wollte in der Uni-Bibliothek nach Büchern suchen, die ihm helfen konnten.

Dieser Tagesablauf spielte sich während der nächsten Zeit so selbstverständlich ein, dass Fee an den wenigen Tagen, an denen Werner nicht dort Mittag aß, schon nach ihm fragte.

Auch in der Schule entspannte sich die Lage zusehends. Werner hatte verschiedene psychologische Verfahren im Gespräch mit der Professorin ausgewählt und wandte diese – nach einem ausführlichen Elternabend – bei verschiedenen Kindern an. Natürlich alles unter Datenschutz, anonym.

Er war mit den Ergebnissen und dem Voranschreiten seiner Arbeit sehr zufrieden, nur mit der Kleininger-Tochter Maria kam er nicht weiter. Trotz aller Bemühungen blieb dieses Mädchen still und verweigerte innerlich die Mitarbeit. Sie setzte sich zwar willig zu ihm, doch er merkte die inneren Blockaden und die Widersprüche, in die sie sich immerzu verwickelte.

Währenddessen hatte Karen von Fee nicht mehr viel über Per gehört. Er schien nicht mehr aktuell zu sein, meinte Karen bis zu dem schwarzen Mittwoch, an dem sich alles zuspitzen sollte.

Es war einer dieser Tage gewesen, an denen Werner sich gleich nach der Schule verabschiedete und Fee und Karen also allein zu Mittag aßen. Dabei hatte Karen Zeit und Muße, ihre Tochter wieder einmal genauer zu beobachten. Sie machte die Entdeckung, dass das Kind nicht sehr fit und fröhlich wirkte. Fee schien sich über die ungeteilte Aufmerksamkeit ihrer Mutter zu freuen, doch sie wirkte fahrig und verspannt.

Als Karen vorschlug, wieder einmal einen gemeinsamen Stadtbummel zu machen, zuckte Fee fast zusammen und erklärte hastig, sie hätte sich mit ihrer Freundin Catharina verabredet und würde mit dem Bus in die Stadt fahren, und ob Karen sie abends abholen würde.

Das war ja soweit kein Problem, denn Karen musste sowieso noch einkaufen. Sie wusste nur im Moment nicht, ob sie ihre Tochter auf den Eindruck der inneren Angespanntheit ansprechen sollte oder nicht, denn manchmal brauchte man ja einfach mal einen Anstoß, um sich Dinge von der Seele zu reden.

Während sie noch überlegte, klingelte das Telefon. Es war eine Mutter, die kompliziert und langatmig eine verworrene Geschichte über Urlaubspläne und Missgeschicke loswerden musste, die darin gipfelte, dass sie ihre beiden Kinder im Anschluss an die Osterferien für fünf Tage von der Schule beurlauben wollte, da sie aus den genannten Gründen keinen anderen Rückflug von Mallorca mehr bekommen hätten.

Als Karen sich nach der Genehmigung der Ausnahmeregelung verabschiedete, war gerade noch Zeit dafür, Fee Geld zu leihen und ihr einen schönen Nachmittag zu wünschen, dann machte sich Karens Tochter auf den Weg zum Bus.

Karen las die Zeitung mal wieder gründlich, fuhr in die Bücherei und machte einen ausgedehnten Einkaufsbummel in Westenstedt. Sie ging auch mal wieder bei ihrem Buchhändler Sven vorbei, der sich zu freuen schien, dass sie kam, und ihr das neueste Buch ihrer Lieblingsautorin verkaufte.

Karen fragte ihn nach der Situation mit seiner Mutter, und Sven berichtete ihr, dass er seine Mutter zum Chinesen eingeladen habe und beide einen Abend lang über den Stiefvater gesprochen und geweint hätten. Seitdem – und seit Karens Anstoß – ginge es ihm sehr viel besser und er wolle Karen gern einmal im Andenken an alte Zeiten zum Essen einladen. Karen freute sich und beide machten sofort einen Termin aus. Dann wurde es Zeit für Karen, ihre Tochter abzuholen, und sie fuhr mit dem Auto zu dem Haus der Freundin.

Als sie läutete, kam die Mutter an die Tür. Sie ging dann nach oben, um Fee Bescheid zu sagen, dass ihre Mutter da sei, denn aus dem Mädchenzimmer drang so laute Musik, dass die beiden sicher die Türklingel nicht gehört hatten.

Einige Sekunden später kam die besorgte Mutter die Treppe wieder herunter und erklärte, die Mädchen seien nicht da. Sie wüsste auch nicht, wo sie hingegangen seien, und es wäre überhaupt das erste Mal, dass ihre Tochter wegginge, ohne sich abzumelden. Auch Fee sah es nicht ähnlich, zu dem Abholtermin nicht pünktlich zu sein.

So machte sich auch Karen ihre Gedanken. Sie ging mit der Mutter noch einmal hoch ins Mädchenzimmer und sah, dass die Sachen ihrer Tochter einschließlich der Jacke und des Rucksacks dort lagen und dass der CD-Player auf Automatik stand. Er hatte schon einige CDs durchgespielt. Also konnten sich die Mädchen schon vor längerer Zeit aus dem Haus geschlichen haben. – Denn genauso sah es aus, als ob die beiden sich weggeschlichen hätten.

Nun fiel Karen natürlich wieder der angespannte Ausdruck ihrer Tochter beim Mittagessen ein, und sie ärgerte sich, dass sie es wider besseren Wissens geschafft hatte, sich einzureden, dass das Thema „Per" vorbei sei, ohne dass Fee es sich von der Seele geredet hatte. Diese Situation hier sah eher nach einer Weiterentwicklung der Dinge aus.

Fee hatte sich sicherlich irgendwelche Sachen geliehen, um Eindruck zu schinden, und Karen musste sich eingestehen, dass sie keinerlei Ahnung hatte, wo ihre Tochter stecken könne.

Gerade als die beiden Mütter etwas ratlos die Treppe wieder hinabstiegen, hörten sie, wie ein Schlüssel ins Schloss der Haustür geschoben wurde und diese sich leise und vorsichtig öffnete. Fee und Catharina standen in der Tür. Beide sahen total dreckig und verfroren aus, denn sie hatten beide keine Jacke an. Das passte anscheinend nicht zum Outfit.

Beim Anblick dieser beiden bleichen kläglichen Gestalten mit völlig verlaufener Schminke im Gesicht, blieben den Müttern die Vorwürfe im Halse stecken. Wie in geheimer Übereinstimmung reagierten sie fast zeitgleich.

Catharina wurde sofort in die Badewanne gesteckt und Karen schnappte sich Fee samt ihrer Klamotten, um sie zu Hause in die Badewanne zu setzen.

Später, als Fee mit Wärmflasche und heißer Milch mit Honig in ihrem Bett lag, kam die ganze Geschichte zum Vorschein. Natürlich war der Schwarm Per der Auslöser gewesen. Auch Catharina war in ihn verliebt gewesen, und bei aller Eifersucht, die daher zwischen den beiden herrschte, hatten sie einhellig beschlossen, dass Per selbst zwischen beiden wählen sollte. Sie hatten ausgekundschaftet, wo Per – der anscheinend auch schon fast 18 war –

sich mit seiner Clique traf, hatten ihr Taschengeld für ein sexy Outfit ausgegeben und sich verabredet.

Sich chic zu machen und aus dem Haus zu schleichen hatte dann ja auch geklappt, aber die erste Sache, die sie nicht bedachte hatten, war das Wetter. Ohne Jacke war der Wind deutlich zu spüren, und beide waren fast bereit gewesen, aufzugeben. Dann hatten sie sich aber doch mit klappernden Zähnen bis hinter die alte Fabrik gequält, bewaffnet mit der Schachtel Zigaretten, mit der sie Eindruck schinden wollten.

Sie waren zu früh, es war noch keiner da, als sie kamen. Daher kletterten sie durch ein zerbrochenes Fenster in die Fabrik, damit sie nicht so im Wind standen.

Als sie dort warteten, kam ein Junge, den sie nicht kannten, der ebenfalls durch das Fenster kletterte. Er war zwar überrascht über die zwei „neuen Gesichter" und über ihr Outfit, nahm sie aber einen Gang entlang zu einem Raum mit, in dem sie zu ihrem Erstaunen Per und seine Clique auf Matratzen liegen sahen.

Hier war also der geheime Treffpunkt. Hinter der Fabrik hatten sie Per wohl nur zufällig gesehen. Der gesamte Raum war voll dickem Zigarettenqualm.

Irgendwie schien sich niemand so recht über Fee und Catharina zu wundern, auch Per erkannte sie sichtlich nicht. Überhaupt stand der fremde Junge viel mehr im Mittelpunkt. Alle bedrängten ihn und fragten nach „Stoff". Dann wurden Joints gedreht, die selbst Fee und Catharina als solche erkannten.

So etwas hatten sie schon oft im Fernsehen gesehen. Als die Joints dann die Runde machten, trauten beide sich nicht, die Annahme zu verweigern. Sie nahmen jeder einen Zug und reichten dann weiter. Da beide sonst noch nicht einmal Zigaretten rauchten, hatten sie mit einem Hustenreiz zu kämpfen, und beiden wurde übel.

Außerdem bemerkten die Freundinnen auch mit einem Mal, dass Per mit einem Mädchen auf der Matratze lag. Er fing an, mit diesem Mädchen rumzuknutschen, und seine Hand wanderte unter ihren Pullover. Das war zuviel für die beiden. Sie stolperten aus dem Raum und wollten nur noch nach Hause.

Doch da kam plötzlich Leben in den fremden Jungen. Sie hörten, wie er die anderen fragte, ob denn keiner die Mädchen kennen würde. Man könne doch keine Fremden so einfach hier hereinlassen und müsse die beiden Typen verfolgen.

Mehr hörten Fee und Catharina nicht, denn sie nahmen die Beine in die Hand und liefen, so schnell sie konnten. Draußen versteckten sie sich erst einmal hinter zwei leeren Tonnen, denn ihnen war immer noch übel.

Die aufgescheuchte Clique durchsuchte etwas halbherzig die Umgebung. Alle wollten lieber wieder auf die Matratzen, und so richtig schienen sie auch nicht bei der Sache zu sein, dazu hatten die Joints wohl doch schon zu oft die Runde gedreht. Nur der fremde Junge lief hektisch hin und her und suchte.

So dauerte es eine ganze Weile, bis die beiden Mädchen sich aus dem Versteck trauen konnten und völlig verfroren den Heimweg antraten.

Als diese Geschichte mit viel Geschluchze und Geheule aus Fee herausgebrochen war, war Karen wie gelähmt. Sie wusste überhaupt gar nicht, was sie sagen sollte. Ihr fiel auch keine Möglichkeit ein, wie sie reagieren könnte. Ihre Gedanken schossen nur so im Kopf herum: Hasch und Polizei, Schulleitung oder nicht oder was, Schutz ihrer Tochter.

All das und noch vieles mehr ging ihr durch den Kopf. Sie tröstete Fee zunächst einmal, die neben diesem Abenteuer auch die Enttäuschung über die vorhandene Freundin von Per verkraften musste. Das Erlebnis mit dem Hasch, dem Nichterkanntwerden und der wandernden Hand Pers hatte Fee völlig ernüchtert. Sie wusste plötzlich gar nicht mehr, wie sie Per überhaupt hatte toll finden können, diesen alten Busengrapscher.

Karen nahm ihre weinende Tochter in den Arm. Dabei bemerkte sie, dass Fee glühte. Das Fieberthermometer bestätigte ihren Verdacht: 39°C.

Fast war Karen froh über diesen Grund, Fee am nächsten Tag nicht in die Schule zu schicken. Das gab ihr Zeit, die nächsten Schritte zu überlegen. Nachdem Fee eingeschlafen war, rief Karen als erstes Catharinas Mutter an.

Dort war die Geschichte genauso erzählt worden, und auch Catharina zeigte so deutliche Anzeichen einer aufkommenden Erkältung, dass sie am nächsten Tag zu Hause bleiben würde. Ansonsten schlug Catharinas Mutter vor, erst einmal eine Nacht über das Drama zu schlafen und morgen gemeinsam zu überlegen, was zu tun sei.

Trotz dieser Abmachung kam Karen nicht so recht zur Ruhe. Sie musste die Geschichte mit jemandem besprechen, der nicht beteiligt war. Da fiel ihr Werner Kesselschmied ein. Sie suchte seine Telefonnummer aus dem Telefonbuch heraus und rief ihn an. Er war sofort bereit zu kommen und hörte sich die neuerliche Schauergeschichte genauso ernsthaft an wie seinerzeit die Mordstory.

Es war wie eine Wiederholung der Mutter-Tochter-Szene. Karen berichtete mit viel Anspannung und einigen Tränen, und Werner nahm sie tröstend in die Arme.

Das tat ihr gut, bis Karen plötzlich bewusst wurde, dass sie sich gerade von einem „wildfremden" Mann hatte umarmen lassen. Verlegen machte sie sich frei und begann Teewasser aufzusetzen. Sie hatte das Gefühl, jetzt einen starken Grog zu brauchen.

Werner bekam auch einen. Er war wie Catharinas Mutter der Ansicht, erst morgen früh konkrete Maßnahmen zu überlegen. Die Anspannung sei im Moment zu groß.

Das hielt die beiden aber nicht davon ab, die verschiedenen Möglichkeiten durchzusprechen. Sowohl Karen als auch Werner hatten in ihrer Schulzeit Kontakt mit Haschisch gehabt. Das war nicht so sehr das Problem. Es war vielmehr die Situation des Suchens,

50

dieses Gefühl, es hinge mehr daran als nach außen schien. Denn die Atmosphäre und Umgebung ließen den Schluss zu, dass sich dort vielleicht noch mehr Dinge abspielten, dass eventuell härtere Drogen im Spiel waren. Karen und Werner war klar, dass dieser fremde Junge derjenige war, der die Drogen beschaffte.

Beim dritten Grog beschlossen Karen und Werner zweigleisig zu verfahren. Karen wollte einmal den Dorfpolizisten zu Rate ziehen, weil sie ihn gut kannte, denn Barbara war schließlich schon seit fast vier Jahren in der Grundschule.

Außerdem wollte Karen mit der Schulleiterkollegin von Fees Schule sprechen, die sie auch von den diversen Schulleiterdienstversammlungen kannte.

Als Karen aufstand, um neues Teewasser aufzusetzen, merkte sie, dass der Alkohol ihr ziemlich zu Kopf gestiegen war, denn sie hatte vor lauter Aufregung und Sorge nichts zu Abend gegessen. Mit Schrecken dachte sie daran, dass Werner ja noch Autofahren musste. So schlug sie ihm vor, im Gästezimmer zu übernachten.

Es lohne die Hin- und Herfahrerei nicht und schließlich sei es mittlerweile schon fast Mitternacht. Daraufhin gestand Werner ihr, dass er beinahe schon gefragt hätte, ob es möglich sei, auf der Couch zu nächtigen, denn er fühle sich nicht mehr so richtig fahrtüchtig. Sein Alkoholkonsum sei sonst sehr gering und er sei etwas wackelig auf den Beinen.

Nach diesen Bemerkungen genehmigten sich beide noch einen vierten Grog als Schlummertrunk, und Karen ging mit Werner nach oben, um im Gästezimmer das Bett zu beziehen.

Als sie ihn etwas fahrig fragte, ob er sonst noch etwas brauche, nahm er sie wie selbstverständlich in den Arm und sagte leise und fast zärtlich: „Es wird schon alles gut werden!" Karen fühlte sich mit einem Mal wunderbar getröstet und geborgen und vielleicht wäre mehr daraus geworden, wenn nicht in dem Moment Krümel gebellt hätte, weil er draußen seinen Erzfeind, den Jagdhund Bruno bei seiner letzten Runde ausgemacht hatte.

Davon wachte Fee auf und verlangte etwas zu trinken. So wünschte Karen Werner noch einmal eine gute Nacht und ging sich um die Tochter kümmern.

Fee schwitzte und schwitzte. Schlafanzug und Bettzeug waren klitschenass, und so war es notwendig, alles zu wechseln. Karen brachte noch eine neue Mineralwasserflasche und ging dann total erschlagen ins Bett.

Seltsamerweise konnte sie nicht schlafen, obwohl sie todmüde war. Ob das die Sorge um Fee war, der Alkohol oder die Anwesenheit von Werner im Gästezimmer oder alles zusammen, konnte Karen nicht sagen, doch sie wühlte in ihrem Bett herum, bis sie fast schon im Morgengrauen in einen unruhigen Schlaf verfiel mit vielen abstrusen Bildern: Fee heiratete den Kriminalkommissar, Werner dealte mit Traubenzucker, sie selbst badete im Kirschlikör und Sven tanzte auf dem Grab von Mittendorf. Es war fast albtraumartig.

Erleichtert schüttelte Karen diese Traumfetzen ab, als der Wecker klingelte. Sie fand nach und nach langsam in die Realität zurück, setzte nach dem Duschen die Kaffeemaschine in Gang, sah nach ihrer Tochter, die noch tief und fest schlief. Die Stirn war jedoch nicht mehr so heiß.

Gestern beim Lakenwechseln hatte Karen Fee schnell berichtet, dass Werner im Gästezimmer übernachten werde, damit sie bei eventuellen Begegnungen keinen Schrecken bekam.

Nun klopfte sie an der Gästezimmertür und rief auf das „Mmh?!?" von drinnen, dass das Bad frei sei und sie Brötchen holen gehe.

Auf dem Weg zur Tankstelle, die auch Brötchen verkaufte, überlegte sie sich schon einmal eine Geschichte für die Anwesenheit von Werners Auto auf ihrer Auffahrt. Denn es war ihr vollkommen klar, dass der stets gut informierte Tankwart schon darüber in Kenntnis gesetzt war, dass bei Freis ein fremdes Auto auf der Auffahrt stand.

Für solche Geschichten galt: Möglichst nah an der Wahrheit bleiben, das erleichtert die Erzählung. Karen wollte zwar noch nichts von Fees Geschichte verlauten lassen, blieb aber bei der Krankheit und berichtete von einer wichtigen Besprechung bezüglich des Praktikums, die wegen Fees Fieber bei ihnen zu Hause stattfinden habe müssen und mit der Fahruntüchtigkeit geendet habe.

Was der Tankwart sich dabei dachte, war sein Problem. Karen zog mit Hund und Brötchen nach Hause und deckte den Frühstückstisch.

11

Am Vormittag sprach Karen sowohl mit dem Dorfpolizisten als auch mit der Schulleiterkollegin, nachdem sie nochmals Rücksprache mit Catharinas Mutter gehalten hatte. Alle vier trafen sich dann mittags in der Realschule.

Werner hatte versprochen, nach Fee zu sehen, so dass Karen sich um ihr krankes Kind nicht zu sorgen brauchte. Den Vormittag hatte sie mit allpausendlichen Telefonaten überstanden.

Als Karen nun von der Sekretärin ins Rektorzimmer geleitet wurde, fand sie dort neben der Schulleiterkollegin Czechyn, dem Walsdorfer Polizisten Kreutzner und Catharinas Mutter auch noch eine fremde Frau vor.

Diese wurde als Kriminalpolizistin Totz vorgestellt, deren Arbeitsgebiet die Drogenbekämpfung sei. Herr Kreutzner hatte die Situationsschilderung von Karen doch als so ernstzunehmend eingeschätzt, dass er Frau Totz eingeschaltet habe.

Dieses von dem fremden Jungen angestachelte Gesuche hatte ihm nicht gefallen. Im allgemeinen waren Jugendliche, die Hasch rauchten, nicht so leicht aus der Ruhe zu bringen, daher liege der Verdacht nahe, dass der Fremde auch härtere Sachen im Gepäck gehabt habe und das Ganze auch mehr oder weniger professionell betreibe.

Frau Totz stimmte mit ihm hierin überein. Auch ihr war diese Sucherei als bemerkenswert aufgefallen, als Indiz für eine größere Tragweite des Problems. Auf Herrn Kreutzners Bericht hin war sie nämlich bei der alten Fabrik gewesen und hatte sich unauffällig umgesehen.

In einem Raum hatte sie ein Versteck mit Spritzbestecken und blutigen Lappen gefunden, also konnte davon ausgegangen werden, dass dieser fremde Junge ein Dealer sei. In der Kreisstadt hatte man bei der Kripo schon verschiedene Verdachtsmomente zusammengetragen, die auf eine sich aufbauende Drogenszene in Westenstedt hindeuteten.

Nun stünde sie vor dem Problem, dass es für die Kripo wünschenswert wäre, langsam und geduldig möglichst viele der Mittelsmänner im Drogengeschäft ausfindig zu machen, um dann einen nachhaltigen Schlag gegen diese Dealer führen zu können.

Natürlich war Frau Totz sich bewusst, dass damit die latente Gefahr des Wiedererkennens der beiden Mädchen lange Zeit bestehen bliebe, und es wurden verschiedene Optionen zu deren Schutz diskutiert. Wie groß war das Risiko wirklich? Beide hatten sich so aufgemotzt angezogen, dass sie mit ihrer Schminke und allem wie Zwanzigjährige ausgesehen hatten. Das bestätigte auch Catharinas Mutter.

Auf der anderen Seite hatten sie durch ihr Verhalten vielleicht Rückschlüsse auf ihr richtiges Alter zugelassen. Außerdem war es nicht sicher, wann Per oder einer seiner Freunde die beiden auf dem Schulhof wiedererkennen würden. Der Dealer würde vermutlich nicht so schnell locker lassen, sondern würde eventuell mit Gratisjoints für die Erkennung der beiden locken.

So ging es eine Weile hin und her. Karen und Catharinas Mutter erklärten sich schließlich bereit, die Kinder bis über das Wochenende erst einmal zu Hause zu belassen, und dann würde man eine neue Absprache über das weitere Vorgehen treffen. Karen fuhr etwas enttäuscht nach Hause und berichtete Werner den Verlauf des Gespräches.

Fee erzählte sie nur, dass sie eine Woche zu Hause bleiben solle, damit die Polizei freie Hand habe. In der Zeit solle sie am besten vormittags auch nicht an die Haustür gehen, denn die Leute, die etwas wollten, wussten ja, dass bei Freis am Vormittag niemand zu Hause sei.

Innerlich war Karen froh darüber, dass Krümel bei jedem Fremden bellte, der das Grundstück betrat. So konnte sie viel beruhigter in die Schule fahren, als wenn Fee hätte allein zu Hause bleiben müssen. Es kam ihr doch wie eine Art Schutz vor.

Die nächsten Tage vergingen wie im Fluge. Einmal kam mittags Frau Totz mit einer Serie von Bildern, bei denen Fee aber den fremden Jungen nicht ausmachen konnte. Catharina hatte ihn auch nicht identifiziert.

Bei dieser Gelegenheit ließ sich Frau Totz noch einmal von dem Mädchen die Situation genau beschreiben und fragte nach Kleinigkeiten und Details. Ob sie irgendein Auto bemerkt hätten oder ob zum Beispiel etwas Besonderes an der Kleidung des Jungen aufgefallen sei? Wie viele Menschen in dem Raum gewesen waren? Hatten sie alle anderen vom Sehen gekannt?

Fee dachte selbst viel über die Sache nach. Sie hatte auch begonnen, ein geheimes Tagebuch zu schreiben, um ihre Gefühle bezüglich Per zu analysieren, wie sie es nannte. Denn nun schämte sie sich sehr, dass sie sich so in eine Art Verblendung hatte verrennen können.

Karen war froh um jede Zeile, die Fee schrieb, denn sie glaubte auch an die reinigende Kraft solcher Tagebuchergüsse. Sie hatte

Fee sogar dazu angeregt, etwas zu schreiben und ihr ein besonderes Buch dafür gekauft.

Außerdem telefonierte Fee viel mit Catharina, der es ähnlich erging. Diese Geschichte hatte ihre Freundschaft vertieft.

12

In der Schule hatte sich eine neue Art Alltag eingespielt, in der Werner eine nicht unwesentliche Rolle spielte. Es war doch immer wieder faszinierend zu beobachten, wie wichtig es für Grundschulkinder war, auch einmal eine qualifizierte männliche Bezugsperson zu haben.

Es hatte sich eingebürgert, dass Werner in den Pausen Aufsicht führte, dabei viel mit den Jungen bolzte und tobte. Die Mädchen himmelten ihn an, schrieben ihm Briefe und beobachteten das Gerangel aus sicherer Entfernung.

Die Schulstunden wurden zusehends ruhiger. Es stellte sich so nach und nach wieder ein angenehmeres Unterrichtsklima ein. Es wuchs tatsächlich so etwas Gras über die Sache, obwohl die Ermittlungen auf der Stelle traten. Es ging nicht so recht vorwärts.

Alle – oder zumindest viele – der dörflichen Anschuldigungen hatten sich als haltlos erwiesen, und alle Beteiligten entspannten sich mehr und mehr. Das war natürlich auch den Kindern anzumerken.

Selbst das Detektivpärchen Gerd und Mark hatte alle Erwachsenen mit ihren Verdächtigungen durch und wandte sich anderen Dingen zu. Irgendwann verlor der beste Mord seine Anziehungskraft, wenn so gar nichts weiter passierte.

Mittags ergab es sich teilweise, dass Werner mit Peter und Corinna balgte, während Marion mit Frau Schneider sprach. Als es einmal ein sehr windiges Regenwetter war, hatte Werner die drei Schneiders auch rasch nach Haus gefahren.

Seit der Übernachtung im Gästezimmer waren Werner und Karen sehr vorsichtig miteinander umgegangen, so als ob sich bei der nächsten Berührung ein alles verzehrendes Buschfeuer ausbreiten würde. Irgendetwas war in der Schwebe.

Am Tag bevor Fee wieder in die Schule sollte – oder sollte sie nicht? –, gab es bei Karen eine Zusammenkunft mit Catharina, ihrer Mutter und Frau Totz. Bevor sie alle ihre Ängste und Befürchtungen äußern konnten, zog Frau Totz ein einzelnes Photo hervor und zeigte es den Mädchen.

Beide riefen sofort: „Das ist der Typ!" Da berichtete Frau Totz, dass es sich um einen zwanzigjährigen Arbeitslosen handele, der bei einer Kneipenschlägerei schwer verletzt worden sei und bei dem einige Päckchen mit Drogen gefunden worden seien.

Nun lag er vorerst unter Bewachung im Krankenhaus und würde dann in U-Haft kommen. In dieser Situation hätte er sicher andere Sorgen als die beiden Westenstedter Mädchen, die aus der alten Fabrik abgehauen waren.

Für die Kripo war es natürlich eine Dead-end-Spur, denn dort würden sie nicht weiterkommen mit ihrer Drogenfahndung, aber in diesem Falle war es für die Mädchen eine Erleichterung. Sie könnten beruhigt wieder zur Schule gehen, sollten aber dennoch von Pers Clique etwas Abstand halten.

Das sei nicht das Problem, meinten Fee und Catharina. Mit dem Schleimscheißer wollten sie sowieso nichts mehr zu tun haben.

Karen fiel ein Stein vom Herzen, denn sie hatte sich schon die wüstesten Gedanken gemacht, von wegen Haare färben, Brille aus Fensterglas und sonstige Verkleidungen. Sie hatte auch schon einen Wechsel in eine andere Schule in Erwägung gezogen.

Das Problem bei der ganzen Sache war nur, dass die Situation nicht so recht einschätzbar gewesen war. War es wirklich eine gefährliche Situation gewesen? Wäre ein Schulwechsel angemessen gewesen oder wäre das eine völlig überzogene Reaktion gewesen? Natürlich wäre Karen sofort bereit gewesen, zum Schutz ihrer Tochter solch einen Schulwechsel vorzunehmen. Nur wollte sie ungern Fee aus ihrem Freundeskreis reißen, wenn kein Grund vorlag. Ferien waren auch noch nicht in Sicht gewesen, und sie hätte Fee ja schließlich nicht monatelang zu Hause behalten können.

Am liebsten wäre ihr eine schnelle Verhaftung dieses dubiosen Individuums gewesen – so wie es nun ja auch durch Zufall gekommen war. Sie hatte sich nicht getraut, die Forderung nach einer möglichst zügigen Verhaftung zu stellen, weil sie dabei wiederum das Gefühl hatte, eventuell auch die Sorge um die Sicherheit der Mädchen zu übertreiben.

Außerdem wollte sie auch gern eine nachhaltige Säuberung Westenstedts vom Drogenhandel. Na, nun konnte sie beruhigt sein. Irgendwie glaubte sie nicht, dass Per und seine Clique größere Probleme bereiten würden. Das waren harmlose Jugendliche, die gern mal Hasch rauchten, und die echten Junkies in dem anderen Zimmer hatten Fee und Catharina ja nicht gesehen. Also ging von dort auch keine Gefahr aus.

13

Abends rief Werner an und fragte nach dem Stand der Dinge. Karen berichtete von der zufälligen Verhaftung des Typen nach einer Schlägerei und von der damit entspannten Situation.

Werner erklärte, dass der eigentliche Grund für seinen Anruf die Kleininger-Tochter Maria sei. Er sei dabei, seine Unterlagen zu ordnen und zu sichten, und falle immer wieder über diese Widersprüche zwischen Aussage und Verhalten bei dem Mädchen.

In einem Gespräch mit der Professorin habe er diese Widersprüche auch schon einmal dargelegt und die beiden hätten über die Möglichkeit der Hypnose gesprochen.

Nun hatte sich Werners Erziehungsheimfreund Daniel intensiv mit diesem Untersuchungs- und Heilmittel befasst und Werner würde gern mit dem Einverständnis der Eltern versuchen, Maria über dieses Mittel aus ihrem selbstgebauten Gefängnis zu helfen.

Karen war es auch schon ohne Werners Untersuchung aufgefallen, dass Maria immer stiller, blasser und unsicherer wurde. Dieser Zustand war allmählich nicht mehr mit der Scheidung der Eltern zu erklären, denn es machte nicht den Anschein einer Trauer, sondern vielmehr schienen dort Ängste vorhanden zu sein. Eine Hypnose könne in diesem Falle vielleicht tatsächlich hilfreich sein.

Also gab Karen Werner Frau Kleiningers Telefonnummer, die sie aus ihrem Lehrerkalender heraussuchte. Sie berichtete ihm auch, dass er sich um Herrn Kleiningers Unterschrift nicht zu bemühen brauche. Dieser Mensch habe beim Auszug alle erzieherischen Rechte an seine Frau abgetreten und wollte mit dem ganzen Dorf nichts mehr zu tun haben.

Plötzlich – beim Zuschlagen ihres Kalenders – fiel es Karen siedend heiß ein, dass heute der Abend war, an dem sie sich mit Sven verabredet hatte. Ach du meine Güte! Das war ja alles gar nicht mehr zu schaffen! Der saß bestimmt schon beim Italiener und wartete. So ein Mist!

Also suchte sie schnell die Nummer des Restaurants heraus und bat den Kellner, Sven – ja, dem Buchhändler – zu sagen, dass sie in einer Viertelstunde da sein würde. Fee würde die Chance nutzen und wieder stundenlang ins Internet gehen, aber das war nun nicht zu ändern.

Sie musste daran denken, ihrer Tochter morgen früh eine Entschuldigung zu schreiben und Fee ans Herz zu legen, nicht mit dem Erlebten anzugeben. Man wolle ja keine schlafenden Hunde wecken.

Nun schnell verabschieden, einmal Outfitkontrolle vor dem Spiegel und Eau de Cologne rechts und links, mit dem Kamm durch die Haare, tschüß zu Fee und los. Im Auto atmete Karen erst einmal tief durch.

Wie so oft hatte sie das Gefühl, dass in ihrem Leben alles verquer lief. Nichts ging geradeaus. Wie damals, als der Gerichtsvollzieher dagewesen war, weil sie nach Bertolds Tod den Überblick über die Rechnungen und fälligen Zahlungen verloren und dabei anscheinend bereits mehrfach keine Müllgebühren bezahlt hatte.

Dieser Mann saß bei ihr in der Küche, als das Telefon klingelte und eine Nachbarin meldete, es stünde das Auto von „ihrem Besuch" quer auf der Straße. Der Vollstreckungsbeamte hatte vergessen die Handbremse anzuziehen, und da war sein nagelneuer Mercedes rückwärts die abschüssige Auffahrt vor Karens Haus hinabgerollt. Er stand mit der rückwärtigen Stoßstange an der Gartenmauer dieser Nachbarin und blockierte fast die gesamte Straße.

Damals hatte Karen auch gedacht, bei dir läuft nichts normal. Sie hatte geholfen, das Auto von der Mauer weg wieder in Fahrtrichtung zu lotsen, und hatte mit der Nachbarin den Schaden beguckt.

Dem Mercedes war glücklicherweise – wahrscheinlich aufgrund der kurzen Auffahrt und der guten Stoßstange – nichts passiert, und die Kleinigkeiten auf dem Nachbargrundstück wurden von der netten Frau als nichtig bezeichnet. Das wäre nichts, was ihr Mann nicht schnell wieder geraderichten könne. Da solle sich Karens Besuch mal keine Gedanken machen.

„Karens Besuch" war das Ganze sehr peinlich gewesen. Er bedankte sich mehrmals und fuhr schnell davon.

Als Karen nun an diese Situation dachte, musste sie laut lachen. Nein, es war wahrscheinlich so, dass in ihrem Leben nichts geradeaus ging. Dazu gehörte eben auch, dass sie bei dem ersten Mal, bei dem sie mit einem Mann nach Bertolds Tod Essen gehen wollte – auch wenn es nur Freund Sven war – den Termin vergaß.

So war sie schon wieder guter Laune, als sie beim Italiener ankam. Sven bekam gerade ein neues Bier, als sie sich an den Tisch setzte.

Nachdem beide ihre Bestellung aufgegeben hatten, erzählte Karen von der Episode mit dem Gerichtsvollzieher und wie es nur ihr passieren konnte, das erste Rendezvous, das sie seit dem Tode Bertolds hatte, zu vergessen.

Sven fragte, ob sie immer noch um ihren Mann traure. Das tat Karen nicht. Sie wusste, dass Fees Vater immer einen Platz in ihrem Herzen haben würde, wegen der schönen Zeit, die sie gehabt hatten und natürlich wegen Fee, aber sie fühlte sich durchaus wohl mit dem Gedanken, dass ihr Leben weitergehe und auch neue, andere Männer darin vorkommen würden.

Dann ertappte sie sich plötzlich dabei, wie sie ihrem guten alten Freund Sven von Werner und der Situation in Walsdorf erzählte. Sie merkte nicht, dass Sven immer stiller und einsilbiger wurde, je mehr sie von Werners glanzvollen Taten berichtete.

Nach dem Essen bestellten beide noch einen Espresso, und dann holte Sven auf einmal tief Luft und erklärte, er müsse nun einmal was loswerden. Karen solle bitte nicht böse werden, aber er müsse es jetzt einmal aussprechen, sonst würde er daran ersticken.

Er liebe Karen schon seit langem und habe sich nur immer nicht getraut etwas zu sagen, da er ihr Zeit lassen wollte, mit dem plötzlichen Tod ihres Mannes fertig zu werden, und sie habe ja auch nie Reaktionen auf seine Anspielungen gezeigt.

In dem einen Jahr hatte er ihr sogar zum Valentinstag eine Karte aus selbstgebatiktem Papier geschickt, auf der ILY gestanden habe, für I love you. Aber auch darauf habe sie nicht reagiert.

Karen fühlte sich überrumpelt: ihr Freund Sven, ihr verlässlicher Kumpel, ihr Beisteher, ihr Laienspielliebhaber, von dem sie immer so halbwegs gedacht hatte, er sei schwul, und nun so etwas. Sie war völlig perplex. Gerade noch rechtzeitig konnte sie ein aufsteigendes Gelächter unterdrücken.

Ja, an die Valentinskarte erinnerte sie sich, die hing immer noch an ihrem Küchenschrank. Sie hatte wochenlang gerätselt, von wem die wohl sein könne und was dieses ILY wohl zu bedeuten hätte.

Sie hatte gedacht, so etwas wie In Love und dann der erste Buchstabe eines Namens oder Spitznamens, dabei kannte sie weder Männer noch Frauen mit einem Y als Anfangsbuchstaben, außer vielleicht Tante Yosepha, die aber in ihrem Leben nicht solche Karten zum Valentinstag verschicken würde, außerdem lebte die in Süddeutschland, und der Poststempel war aus Westenstedt gewesen.

Es hatte ihr damals unendlich gut getan, Kraft daraus zu schöpfen, dass irgend jemand „in Liebe" an sie dachte. Sie hatte gerade wieder so eine schwierige Phase mit Fee durchzustehen gehabt, wo diese unheimlich empfindlich auf alles reagierte und jedes Wort auf die Goldwaage legte und meinte, überhaupt sei alles Scheiße, seit Papa tot war, und sie würde nie wieder fröhlich sein können.

Das sprudelte nun alles aus Karen heraus. Sie bedankte sich noch einmal für die schöne Karte und sie hätte ja keine Ahnung gehabt, sie hätte gedacht, Sven möge nur Männer.

Nun war es an Sven, ein verblüfftes Gesicht zu machen. Wie sie denn darauf käme, fragte er. Na ja, weil er doch mit einem Mann zusammenlebe und die Leute würden so etwas erzählen, entgegnete Karen, und sie hätte sich noch nie größere Gedanken darüber gemacht, warum sie eigentlich auf diese Idee gekommen sei.

Etwas verlegen brach sie ab. Sven erklärte, dass Oliver ein Studienfreund von ihm sei. Sie hätten schon in der Studienzeit eine Bude geteilt und es hatte sich als praktisch herausgestellt.

Olivers Freundin war noch sehr jung und machte eine Ausbildung in Berlin, so dass er oft dorthin fuhr. Da war es einfach günstiger, sich eine Wohnung zu teilen, allein schon finanziell.

Außerdem gab es Oliver die Möglichkeit der Anonymität. Er stand nicht im Telefonbuch und nur ganz handverlesene, eingeweihte Menschen wussten seine Adresse, da er ein vielumschwärmter Moderator im Radio war. Dann schwieg auch Sven plötzlich, und beide waren etwas befangen.

Karen wusste nicht wie sie mit der Situation umgehen sollte, sie wollte Sven nicht verletzen, aber ihn lieben? In diese Richtung hatte sie bisher gar keine Antenne gehabt. Es war ja nicht so, dass sie ihn nicht mochte, aber dies alles kam doch ein wenig zu plötzlich.

So sagte sie, dass sie völlig durcheinander sei und überhaupt wüsste sie im Moment nicht, was sie sagen solle. Sven erwiderte, es sei schon in Ordnung und er wisse, dass Werner nun mehr auf Karens Linie läge, er habe es nur einmal loswerden müssen und hoffe, sie könnten dennoch Freunde bleiben.

Etwas aufgewühlt und bedrückt fuhr Karen nach Hause.

Sie wusste, dass sie nun nicht schlafen konnte. So nahm sie sich ein Glas Rotwein und setzte sich an den Computer. Sie spielte irgendwelche komplizierten Spiele, die ihren Geist ermüden sollten.

Doch des öfteren ertappte sie sich beim Starren auf den Bildschirm, ohne etwas zu sehen. Ihre Gedanken waren dann ganz weit weg, bei plötzlich auftauchenden Situationen mit Sven, an denen sie hätte merken können, ja merken müssen, dass er diese Gefühle für sie hegte.

Aber sie hatte ja immer gedacht, er sei andersherum, und überhaupt kannten sie sich ja schon so lange. Er hatte ihr jedes Mal vor Weihnachten ein kleines nettes Buch geschenkt, wobei sie es mehr als Rabatt für die vielen Bücher sah, die sie vor dem Fest kaufte. Sie schenkte eben am liebsten Bücher.

Dann hatte er oft zufällig einen Tee parat, wenn Karen kam, oder wollte sich gerade einen machen, so dass sie sich fast regelmäßig einmal in der Woche miteinander unterhalten hatten, bis auf die letzten Monate nach dem Mord.

Als sie an die Valentinskarte dachte, wurde ihr ganz warm ums Herz. Sie hatte niemandem von der Karte erzählt, da es ihr peinlich gewesen war, dass sie nicht herausbekam, wo die Karte herkam. Es fiel ihr nun jedoch wieder ein, dass Sven auffällig viel und fast schon penetrant über Valentinstag und Post geredet hatte in dem Jahr.

Dann dachte sie an Werner, an diese abendliche Umarmung, an seine unaufdringliche Anwesenheit in der Schule, seine Anteilnahme an ihren Problemen mit Fee und dieser Dealergeschichte.

Typisch für sie, dass sie entweder gar keinen Mann hatte oder gleich zwei. Wie schaffte sie es bloß immer wieder, sich in solche Situationen zu manövrieren?

Entnervt schaltete sie den Computer aus und ging ins Bett. Merkwürdigerweise schlief sie dann doch tief und traumlos, vielleicht hatte das Glas Rotwein seine Wirkung gezeigt.

Am nächsten Tag war es ihr ganz lieb, dass Werner mit Maria – nach Absprache und mit dem Einverständnis der Mutter – zu seinem Freund Daniel ins Psychologische Institut fuhr. Er war also den Vormittag über nicht in der Schule.

Karen, Marion und Anne wanderten wie in alten Zeiten über den Schulhof und sprachen über dies und das.

Annes Sohn war seit der Einstellung auf das neue Medikament im Krankenhaus auf dem Weg der Besserung, und alle hofften, dass es diesmal von Dauer sein würde. In diesem Fall wäre zu überlegen, was mit dem Jungen schulisch passieren sollte, denn er habe im letzten Schuljahr nur sehr unregelmäßig den Unterricht besucht und auch zwischenzeitlich oft keine Energie für das Lesen, Schreiben und Rechnen aufgebracht.

Anne war ja im Prinzip für eine Rücknahme des Kindes, für einen Neuanfang. Vater und Sohn sträubten sich jedoch mit Händen und Füßen. Die beiden waren dafür, die Sache bis zum Ende des Schuljahres laufen zu lassen und dann auf die Meinung der Klassenlehrerin zu hören.

Anne hatte sich widerwillig gefügt, vor allem weil sie die Erregung ihres Sohnes begeisterte, der erstmals seit langer Zeit wieder seine Meinung darlegte und verteidigte. Das war für sie ein deutliches Zeichen für eine hoffentlich tiefgreifende Besserung seines Zustandes.

Marion hatte auch einige Forschritte mit ihrem Peter zu verzeichnen. Er hatte nun die Faszination der Buchstaben und insbesondere der Lernsoftware auf dem Klassencomputer entdeckt und wurde über Computerzeiten für gutes Verhalten belohnt, auch wenn dies in der Regel bedeutete, dass Frau Schneider eine Viertelstunde auf ihren Sohn warten musste.

Das war für Marion das kleinere Übel, und in der letzten Zeit habe ihr Werner ja oft das Gespräch mit Peters Mutter abgenommen. Die beiden schienen sich nach Marions Meinung ganz gut zu verstehen.

Karen verspürte einen Stich in der Herzgegend, denn auch ihr war aufgefallen, dass Frau Schneider nun mehr Wert auf ihr Äußeres legte.

Beinahe hätte Karen über diese Gedanken den Ausspruch Marions verpasst, dass der Scheidungstermin der Schneiders nun auch feststünde. Er falle genau eine Woche vor den Verhandlungstermin, den Herr Schneider wegen der Misshandlung seiner Frau habe.

Die nächste Zeit würde also eventuell noch einmal einen massiven Rückfall Peters bringen können, je nachdem wie viel der Junge von der Sache mitbekam. Denn Peter hatte das große Problem, dass ihm durch die schlimmen Sachen, die sein Vater getan hatte, eine männliche Bezugsperson fehlte.

Da hatte es Schwester Corinna leichter. Sie war zwar genauso eingeschüchtert und verschreckt durch die Schläge, das Geschrei und die Verletzungen der Mutter, doch sie hatte nicht die Schwierigkeit, dass die Person, mit der sie sich identifizierte, diese Dinge tat.

Peter hatte ja auch schöne Erlebnisse mit dem Vater gehabt, und ihm hatte der Gedanke überhaupt nicht gefallen, dass - wie er es lange geglaubt hatte - er auch so sein müsse wie sein Vater. Er hatte nicht nur die Angst um seine Mutter im Herzen gehabt, sondern auch die Angst, dass diese Rolle des Misshandelnden später auch einmal von ihm gefordert werden würde, weil Männer sich eben so verhielten.

Diese Gedankengänge waren bei einer Spieltherapie im Frauenhaus deutlich geworden und Peter befand sich noch in einer Therapiegruppe, die sich einmal in der Woche traf.

Dort gab es einen Verein "Söhne von misshandelnden Vätern", der sich sehr um die psychische Gesundheit misshandelter Kinder – auch der Mädchen – bemühte. Ein Mann aus dem Verein hatte in der Zeit, als Frau Schneider noch nicht motorisiert war, die drei Schneiders aus Walsdorf abgeholt und einmal wöchentlich zu den Therapietreffen gefahren.

Als Werner nun in der Walsdorfer Schule auftauchte, reagierte Peter sehr zwiespältig. Einerseits hatte er das Gefühl, plötzlich ein Rollenvorbild zu haben, andererseits war er sehr auf der Hut, wann dieser Traum in sich zusammenfallen würde.

14

Am Nachmittag beschloss Karen, Tilly zu besuchen. Sie rief an, fragte, ob es auf einen Kaffeebesuch passen würde, schnappte sich Fee und Krümel, verschob Hausaufgaben und Unterrichtsvorbereitungen auf den Abend und freute sich auf einen netten Kaffeeplausch bei ihrer Freundin.

Unterwegs kaufte sie einen blühenden Blumengruß, mit dem die Vorfreude auf den kommenden Frühling angedeutet werden konnte und der zu ihrer leichten Stimmung passte.

Als sie ankamen, verschwand Fee mit Krümel im Schlepptau gleich in Andreas Zimmer, um die neuesten Neuigkeiten auszutauschen. Karen und Tilly machten es sich im Wohnzimmer gemütlich. Sie sprachen über dies und das und wie schnell die Kinder größer würden.

Paula stand nun schon vor dem Abitur und musste sich Gedanken über ihre berufliche Zukunft machen. Zeitgleich strebte Andrea – ebenso wie Fee ja auch – auf ihren Realschulabschluss zu, der im nächsten Jahr anstand und seine Schatten vorauswarf.

Paula hoffte auf einen Notendurchschnitt, der für ein Medizinstudium ausreichen würde, und büffelte jede Minute, so dass es Tilly schon manchmal angst und bange wurde. Andrea wollte – genau wie Fee – weiter zur Schule gehen und bemühte sich daher auch um gute Zensuren, denn auch sie brauchte einen bestimmten Notendurchschnitt.

Tilly und Karen sprachen darüber, wie verschieden die Kinder doch waren. Während Paula immer gut in der Schule gewesen war und von klein auf zielstrebig auf das Medizinstudium hingearbeitet hatte, ohne nach links und rechts zu schauen, waren Fee und Andrea bis vor kurzem rechte Wildfänge, denen die Schule so unwichtig wie nur irgendwas gewesen war.

Sie hatten weder die Hausaufgaben noch den Unterricht besonders ernstgenommen. Das, was ihnen so zufiel, lernten sie eben, und die Dinge wie Rechtschreibung und Einmaleins, die geübt werden mussten, wurden nur sehr oberflächlich aufgenommen.

Doch jetzt – mit der Aussicht auf den Abschluss und die Möglichkeit des weiteren Schulbesuches – waren beide plötzlich aus ihrem Dornröschenschlaf erwacht und arbeiteten für die Schule. Sie waren dann regelmäßig verwundert, dass sie nun, da sie doch etwas taten, nicht automatisch auf eine Eins hochstiegen, und hatten natürlich auch gegen das Bild des bequemen Schülers anzukämpfen, dass die Lehrer von ihnen noch im Kopf hatten.

Tillys beiden kleinen Mädchen waren wieder ganz anders. Elise, die jetzt in Klasse vier war, zeigte eine so musische Begabung, dass Tilly ernsthaft überlegte, ob sie ihre Tochter nicht auf ein Musikinternat schicken sollte, das 100 km entfernt war.

Sie hatte diesen Vorschlag sogar schon mit Carl erörtert, und er wäre bereit, sich an den Kosten zu beteiligen. Nun hatten sie einen Besichtigungstermin, das heißt, es war mehr ein Tag der offenen Tür, an dem Tilly hoffte, ihre Elise von den Vorteilen dieser Schule überzeugen zu können.

Elise war dem Projekt gegenüber zwiegespalten. Sie war begeistert von der Aussicht auf Musik von morgens bis abends, aber sie neigte als drittes Kind in der Geschwisterreihe immer etwas dazu, sich abgeschoben zu fühlen.

Tilly hatte mit ihr schon besprochen, dass sie in den ersten Ferien eine Woche beide allein wegfahren würden und dass Elise ihre Mutter ja an den Besuchstagen für sich haben würde. Nun blieb es abzuwarten, ob die Schule so gut war, dass Elises Begeisterung ihre Skepsis übertrumpfen würde.

Timmy, die jüngste, die eigentlich Bettina hieß, war wieder ein ganz anderer Typ. Sie war, so wie ihr Spitzname es andeutete, ein halber Junge. Selbst in ihren jungen Jahren, in dieser dritten

Grundschulklasse, nahm sie es mit der Gleichberechtigung sehr genau.

Sie war ein selbstbewusstes, starkes Mädchen, das viel Sport trieb. Tilly musste mit auf Fußballturniere und Judowettkämpfe, und Timmy wehrte sich vehement gegen jede Unterscheidung zwischen Mann und Frau. Sie empfand alles als diskriminierend.

Sie wollte später zum Wehrdienst bei der Bundeswehr, und außerdem wollte sie mal Verteidigungsministerin werden. Das war schließlich ein Posten, den die Männer für sich beanspruchten. Und warum waren überhaupt die Päpste immer Männer? Das sei so ungerecht.

Nachdem Karen und Tilly über all die kleinen und großen Be-gebenheiten im Leben der Kinder gesprochen hatten – natürlich hatte Karen auch von Fees Drogenausflug berichtet –, fragte Tilly nach dem Praktikanten Werner, von dem Karen neulich so be-geistert am Telefon erzählt hatte.

Karen erläuterte Tilly ihr Dilemma, dass sie, ohne es zu wissen und zu wollen, plötzlich zwischen zwei Männern stand: einem, der ihr seine Liebe gestanden hatte, so unvermutet, und einem anderen, um den ihre Gedanken kreisten und mit dem sie beinahe neulich ins Gästebett gestiegen wäre, und das nach langer Zeit der männlichen Abstinenz.

Tilly kannte Sven auch und gestand Karen, dass sie schon lange den Verdacht gehabt habe, er sei in sie verliebt gewesen, aber Karen hatte ja jegliche Andeutung in diese Richtung weit von sich gewiesen, immer mit dem Hinweis auf seine angeblich homose-xuellen Neigungen.

Dann gab Tilly einen ausführlichen Bericht von ihrem Abend mit Ferdinand, dem Vater von Paulas Klassenkamerad. Die beiden waren beim Chinesen gewesen und hatten sich der Empfehlung des Hauses gebeugt und eine Reisplatte für zwei Personen bestellt.

Das bedeutete, dass sie sich beide von derselben Platte bedienen mussten, und allein das schien schon einen Symbolcharakter zu haben. Sie hatten sich so viel zu erzählen und waren so mit sich beschäftigt, dass es mit einem Mal, als der Kellner vor ihnen stand und nach weiteren Wünschen fragte, schon fast Mitternacht war. Beide fanden nur mit etwas Mühe in die Realität zurück. Es war nicht so eine himmelhochjauchzende Verliebtheit, es war einfach ein gegenseitiges Verstehen und Interesse, das keinen Platz mehr für die Umgebung zugelassen hatte.

Auf eine Art war es beiden etwas peinlich, denn irgendwie schickte sich so eine intensive, auf eine Person bezogene Selbstvergessenheit in ihrem Alter nicht mehr, und auf der anderen Seite hatten sie sich nicht voneinander verabschieden können, ohne ein neues Treffen auszumachen.

So gingen sie übermorgen zusammen ins Kino, in diesen neuen Film, von dem alle Welt so schwärmte. Tilly ließ sich dann ein Langes und Breites darüber aus, wie schwierig es in ihrem Alter sei, den ersten Schritt zu tun. Man habe nicht mehr die Leichtigkeit der Jugend, mit der man Irrtümer begehen könne. Heimliche Annäherung im Kino, dafür seien sie doch zu alt.

Aber wie sonst? Man könne doch solche Dinge nicht ausdiskutieren. Das sei doch schließlich auch affig, und flirten habe noch nie auf ihrer Linie gelegen. Das könne sie nicht und damit wolle sie in ihrem Alter auch gar nicht erst anfangen. Und ein Geständnis wie das von Sven sei doch nur peinlich, vor allem wenn Karen seine Gefühle nicht erwidere. Und überhaupt wisse sie, Tilly, ja auch gar nicht, ob dieser Ferdinand auch etwas für sie empfinde, und wie blamabel, wenn sie etwas sagen würde und er ihre Gefühle nicht teile und, und, und.

Karen merkte aus den weitschweifigen Äußerungen der Freundin, dass deren Ferdinandgefühle ganz schön tief waren. Bei der Äußerung über Sven war sie innerlich zusammengezuckt. War es tatsächlich peinlich für ihn gewesen? War sie sich so sicher wie Tilly, dass sie seine Gefühle nicht erwiderte? Sie hatte diese Möglichkeit nie in Betracht gezogen, doch wenn sie jetzt so darüber nachdachte, so hatte sie seit dem Geständnis mehr an Sven gedacht als an Werner.

Mein Gott, war das Leben im Augenblick kompliziert. Diesen Gedanken hatte Karen auf der Rückfahrt von Tilly. Im Geiste gab Karen an allen Problemen, die sie jetzt hatte, dem Mord die Schuld.

Wenn dieser Hans-Peter Mittendorf nicht ermordet worden wäre, hätte Werner sie nicht aus dem Dornröschenschlaf geweckt, wie sie es für sich nannte. Böse Zungen würden vielleicht erotische Totenstarre dazu sagen, aber egal. In dem Zustand waren ihr jedenfalls keine Gefühle offenbart worden, die sie so vollends aus dem Tritt bringen konnten. In dem Zustand hatte sie auch stets ein offenes Ohr für die Sorgen und Nöte ihrer Tochter gehabt, so dass die Per-Geschichte nie passiert wäre usw. ... Sie ritt sich immer weiter in dieses Erklärungsmuster hinein.

Allein der Mord war Schuld an all ihrem Elend. Dieser Mörder hatte nicht nur den Mittendorf auf dem Gewissen, sondern den gesamten Dorffrieden und den persönlichen Frieden vieler Menschen. Durch seine Tat hatte er bei so manchem die rosarote Brille heruntergeschlagen, die bei vielen dazu beitrug, das Leben so auszuhalten, wie es war.

Das krasseste Beispiel war sicherlich die Kleiningerehe, aber auch in anderen Haushalten hatten einschneidende Veränderungen stattgefunden, und das nicht immer zum Besten.

Wie zum Beispiel dieser Schock der plötzlichen Vernachlässigung nach der vorherigen Überbehütung von Christiane in ihrer vierten Klasse. Die Liste der Beispiele ließ sich fast unendlich fortsetzen. Es gab wirklich kaum einen Haushalt in Walsdorf, der nicht auf die eine oder andere Art durch den Mordfall in Unruhe gebracht worden ist.

Keiner konnte so weiterleben wie bisher. Es musste ständig in irgendeiner Form Stellung bezogen werden. Latente Ängste um das eigene Leben wurden bei manchen Menschen manifestiert.

Es gab etliche, die aufgrund kleiner Vergehen, denen sie nie eine Wichtigkeit beigemessen hatten, nun plötzlich befürchteten, in die Schusslinie der Kripo zu geraten, was sie teilweise wieder dazu veranlasste, andere massiv zu beschuldigen.

Der Dorffrieden war gebrochen. Wenn dann auch noch Alkohol im Spiel war, so wie beim traditionellen Skatabend der freiwilligen Feuerwehr, dann kam es momentan häufig zu handgreiflichen Auseinandersetzungen.

Der Bürgermeister hatte schon darüber nachgedacht, ob er die diesjährige Wandertour der Gemeinde um das Hünengrab ausfallen lassen sollte, da bei dieser Gelegenheit am anschließenden Lagerfeuer auch immer kräftig gebechert wurde. Was da alles passieren konnte! Die gesamte Stimmung war einfach zu explosiv.

Auf der anderen Seite konnte es ja auch sein, dass der Mord nie aufgeklärt werden würde, und wie lange wollte man denn das soziale Leben deshalb einschränken? Also hatte der Bürgermeister beschlossen, allen bei seinen Grußworten noch einmal ins Gewissen zu reden, dass das Thema „Mord" bitte an diesem Sonnabend nicht diskutiert werden möge, damit alles ebenso friedlich abgehe wie im letzten Jahr.

Außerdem hatte er ein paar vernünftige kräftige Männer gebeten, Auge und Ohren offen zu halten und bei dem geringsten Anzeichen einer Prügelei einzuschreiten. Auf diese Art und vermutlich auch aufgrund des regnerischen Wetters, dass nicht zum langen Sitzen am Lagerfeuers einlud, war die Hünengrabwanderung ohne größere Probleme über die Bühne gegangen.

Als nächste Klippe stand nun der alljährliche Tanzabend des Sportvereins an. Der Vorstand überlegte angestrengt, wie auch an diesem Abend eine Entgleisung der aufgebrachten, angeheiterten Männer zu verhindern sei. Überall hatte der Mordfall Mittendorf also seine Auswirkungen.

Bei der Feier der Goldenen Hochzeit von Ehlers war durch eine Prügelei im Krug ein Schaden von einigen Tausend DM entstanden. Ganz abgesehen davon, dass die Familie Ehlers dadurch den Ehrentag stets so in Erinnerung behalten würde – nur auf eine sehr negative Weise –, hatten nun alle Angst vor neuen Entgleisungen.

15

Zuhause blinkte das Lämpchen am Anrufbeantworter. Es waren drei Nachrichten gespeichert. Als erstes hatte Karens Schwiegermutter Elke angerufen und Fee für das kommende Wochenende zum Kaffee eingeladen, d.h. eingeladen war vielleicht das falsche Wort.

Es war eher ein Hinbeordern. Immerhin hatte Elke schon soviel dazugelernt, dass sie es Fee überließ, ob der Pflichtbesuch am Freitag, Samstag oder Sonntag stattfinden sollte. Sie hatte wohl doch gemerkt, dass diese jungen Leute auch noch andere Aktivitäten vorhatten am Wochenende als Besuche bei Omas.

Karen war mit ihrer Schwiegermutter nie so richtig warm geworden. Elke war auch keine so typische Schwiegermutter. Sie war bis zu ihrer Pensionierung vor drei Jahren leitende Angestellte in einer großen Firma gewesen und hatte für ihren Beruf gelebt, seitdem ihr Sohn damals aus dem Hause war.

Ihr Mann war recht früh an seiner Kriegsverletzung gestorben, daher hatte der Tod des einzigen Sohnes Elke ziemlich aus der Bahn geworfen.

Sie, die nie krank gewesen und über alle Angestellten, die wegen einer Grippe zu Hause blieben, hergezogen war, wurde mit einem Mal von jedem herumfliegenden Virus umgeworfen. Natürlich ging sie mit laufender Nase und Kopfschmerzen, ja sogar mit Fieber zum Dienst, bis sie vollends zusammenbrach aufgrund einer verschleppten Lungenentzündung und für drei Monate in eine Kur-Reha-Klinik musste. Seitdem war zwar ihre Einstellung zur Grippeerkrankung etwas milder geworden, insgesamt war ihr Ton jedoch auch im Privatleben recht bestimmend, fast schon autoritär. Karen wusste, dass unter dieser rauhen Schale eine einsame Frau steckte, doch trotzdem fiel es ihr schwer, Gefühle für Elke zu entwickeln. Nichtsdestotrotz hatte sie – bis zu dem Mordchaos – immer darauf geachtet, dass Fee regelmäßig ihre Oma besuchte, weil sie es auch wichtig fand, dass Fee auf diese Art irgendwie mit ihrem Vater in Kontakt blieb.

Außerdem verstanden sich Oma und Enkelin im allgemeinen ganz gut. Fee fand oft den richtigen Ton, um Elke zum Erzählen von früher zu bringen, und wusste auf die Art mehr über Bertolds Jugend als Karen. Nun forderte Oma Elke also wieder einmal einen Besuch ein, da Karen es schon wieder seit Wochen nicht hinbekommen hatte, selbst einen Termin vorzuschlagen.

Bei diesem Gedanken dachte Karen mit einem schlechten Gewissen auch an ihre eigenen Eltern, die sie ebenfalls seit Wochen nicht besucht hatte. Es war bei einigen kurzen Telefonaten geblieben, denn ihre Eltern waren noch aus der Generation, in der nicht lange telefoniert wurde.

Es wurde mitgeteilt, dass alle soweit gesund waren, und ansonsten waren nur noch Geburten und Sterbefälle ein Grund, um zum Hörer zu greifen. Karens weitschweifigen Telefonerzählungen hörten die beiden mit einer stets etwas ungeduldigen Kurzangebundenheit an, die Karen immer wieder verwunderte, denn sie hatten den ganzen Tag Zeit, und Geld war auch nicht knapp. Es waren wohl tatsächlich so Angewohnheiten aus der Jugend, die prägten. Immerhin bekamen die Eltern nun nicht mehr jedes Mal einen Heidenschreck, wenn das Telefon klingelte, wie es noch vor einigen Jahren der Fall gewesen war.

Der zweite Anruf auf dem Anrufbeantworter war von Werner, der über seine Hypnosebehandlung von Maria Kleininger berichten wollte. Er würde es dann morgen früh erzählen, da er heute Abend nicht zu erreichen sei, und als dritte hatte Andrea angerufen, da Fee die CDs, die sie sich hatte ausleihen wollen, vergessen hatte. Wann sie denn wohl mal wieder kommen wolle oder ob sie besser sie schicken solle?

Fee nahm das schnurlose Telefon mit in ihr Zimmer, um mit Andrea zu telefonieren, was sicherlich lange dauern würde, obwohl sie sich erst vor einer halben Stunde voneinander verabschiedet hatten. Sie versprach, vorher einen Kaffeetermin mit Oma Elke abzusprechen und zog ab. Karen machte sich seufzend an ihre Vorbereitungen.

Als Fee eine Stunde später wieder auftauchte, sah sie ihre Mutter auf dem Sofa sitzen und versonnen das Fotoalbum durchblättern, in dem die Fotos von der Hochzeit und den ersten Ehejahren mit Fees Geburt usw. eingeklebt waren. Karen saß da, das Fotoalbum geöffnet auf dem Schoß, und die Tränen liefen ihr über das Gesicht. Als Fee sie ansprach, schien sie nur widerwillig in die Gegenwart zurückzufinden.

Dann aber schloss sie resolut das Fotoalbum und versicherte ihrer Tochter, es sei alles in Ordnung, sie habe nur an die Zeit denken müssen, als Bertold eine richtige Inszenierung geplant hatte, um auf sich aufmerksam zu machen. Karen machte sich einen Kaffee und erzählte Fee die ganze Story.

Bertold war an der gleichen Uni gewesen wie Karen und hatte sie des öfteren in der Mensa gesehen. Da hatte Fees Vater mit seinem logischen Hirn beschlossen, dass er diese Frau heiraten wolle, und eine Kennenlernepisode inszeniert.

Er hatte sich mit einem Freund in der Mensa verabredet und ein Eintopfgericht bestellt, das er aber nicht aß, sondern sich damit in die Nähe des Eingangs setzte und auf Karen wartete.

Er selbst hatte den Rücken zum Eingang gedreht, und der Freund hielt Ausschau. Als Karen kam, war der Eintopf längst kalt, aber das spielte keine Rolle, denn er sollte ja nur den Kennenlernanlass bieten.

Die beiden Freunde waren so nett, Karen erst eine Zeitlang essen zu lassen, bevor sie an dem Tisch vorbeigingen, an dem sie saß, und Bertold „zufällig" geschubst wurde, so dass der Plastikteller mit dem Eintopf auf Karens Pullover und Hose landete.

Dieses Missgeschick führte zu vielen Entschuldigungsbeteuerungen, dem Angebot, Karen nach Hause zu fahren, die Reinigungskosten zu übernehmen und einer Einladung zum Essen als Entschädigung für das Unglück.

Karens Pullover und Hose waren so durchweicht, dass sie sich tatsächlich nach Hause fahren ließ, um sich umzuziehen, denn sie war mit dem Rad zur Uni gekommen und hatte am Nachmittag eine wichtige Vorlesung, die sie nicht verpassen wollte.

Na ja, und man habe sich auf der Fahrt eben unterhalten, sei zusammen Essen gegangen und ein halbes Jahr später wurde geheiratet.

Diese Geschichte mit der ganzen Vorplanung, dem Ausleihen des Autos und dem Auskundschaften von Karens Vorlesungsplan hatte Bertold ihr in der Hochzeitsnacht gestanden. Fee fand das Ganze hoffnungslos romantisch und fragte nur, warum ihr Vater sie nicht einfach so angesprochen habe.

Das hatte Karen damals auch gefragt und festgestellt, dass Bertold sich wohl ohne triftigen Grund nicht getraut hatte. Er hatte sich vor einer Ablehnung einer Ansprache als Anmache gefürchtet und daher diesen Plan ausgetüftelt.

Das lag so auf seiner Linie, dieses Logisch-Durchdachte, deshalb war er ja auch Computerfachmann geworden. Und dennoch hatte er im letzten Augenblick Fracksausen bekommen und wirklich versucht, den Eintopf nicht auf Karen zu schütten. Vielleicht hatte deshalb alles so echt gewirkt.

Der Schubsfreund war dann ihr Trauzeuge gewesen. Sie hatten viel gemeinsam unternommen, denn im Gegenzug war Bertold bei dessen Hochzeit Trauzeuge gewesen. Die Beziehung war erst nach Bertolds Tod eingeschlafen.

Als Fee fragte, wieso ihre Mutter nun gerade ausgerechnet heute dieses Fotoalbum zur Hand genommen hätte, log Karen ihr etwas von der Suche nach einem bestimmten Bild für ihre Unterrichtsvorbereitung vor. Sie wusste ja selbst nicht so genau, was in sie gefahren war.

Noch vor einigen Tagen hatte sie zu Sven gesagt, ihre Trauerzeit sei vorbei, und da setzte sie sich nun hin und holte sich das Fotoalbum heraus und heulte. Aber das war auch vor Svens Geständnis gewesen, vor dieser Aussage, die sie so durcheinandergebracht hatte.

Nun dachte sie im Moment dauernd an irgendwelche Situationen, die sie und Sven verbanden. Viele Dinge sah sie plötzlich in einem anderen Licht. Sie stellte fest, dass Sven ihr tatsächlich oft wie ein verlässlicher Fels in der Brandung vorgekommen war. Sie hatte seine Existenz so selbstverständlich hingenommen und seine Zeit ohne Skrupel beansprucht.

Fee hatte sie des öfteren im Laden „geparkt", als sie noch kleiner war und keine Lust auf Einkaufen hatte. Das hatte Sven nicht gestört. Er hatte sie auch mal in den Zoo oder auf andere Ausflüge begleitet, weil er zufällig Zeit hatte und sie gerade darüber gesprochen hatten. Für Karen war das stets eine angenehme Sache gewesen, weil Fee dann so gut beschäftigt war und nicht dauernd rumnörgelte. Sven kam gut mit ihr zurecht. Heute, wo sie in Westenstedt zur Schule ging, besuchte Fee Svens Laden oft allein.

Dann dachte Karen an Werner, an diese Umarmung, die ihr so vertraut erschienen war, an dieses Ziehen in der Magengegend, dass ihr deutlich machte, dass da mehr war. Sie konnte Werner heute Abend nicht mehr erreichen, nicht einmal, um ihn zu fragen, wie es mit Maria bei Daniel in der Hypnose gewesen war.

Also riss sie sich von diesem Gedankenwust innerlich los und zwang sich erneut an die Unterrichtsvorbereitungen. Dann joggte sie mit Krümel so lange und so schnell, dass sie hinterher nur noch Lust zum Duschen hatte und todmüde ins Bett fiel.

16

Die nächsten Tage zogen sich wie Gummi. Karen fühlte sich unausgeglichen und gab schlechten Unterricht. Sie war nicht bei der Sache, und das merkten die Kinder auch. Irgendwie wusste sie nicht so recht, warum es ihr an Motivation fehlte, aber alles machte im Moment keinen Spaß.

Sie schob den Zustand erst auf den Vollmond, dann auf ihre Regelblutung. Sie hatte das Gefühl, eine Erkältung zu bekommen. Sie hatte zu nichts Lust, mit Werner sprach sie nur das Nötigste.

Er hatte ihr von der Hypnosebehandlung erzählt. Maria und Daniel kamen wohl gut miteinander zurecht, aber nach einer einzigen Hypnose seien natürlich noch keine Wunder zu erwarten. Seit seinem Geständnis konnte sie auch Sven nicht mehr besuchen. Dann müsste sie Stellung nehmen, das wusste sie. Es war also alles in der Schwebe.

Fee war auch schlechter Laune, weil es in ihrer Klasse Differenzen gab und jeder jeden bezichtigte, Schuld daran zu sein. Karen hatte zwar aus der Per-Affäre so viel gelernt, dass sie sich mittags stark bemühte, den Grad an Offenheit zu zeigen, der es Fee erlaubte, ihre Sorgen und Kümmernisse loszuwerden, doch auch da fehlte zur Zeit die innere Beteiligung.

An einem Sonntag verfiel sie nachmittags – nachdem sie schon diverse Gläser Frustrotwein getrunken hatte – in eine tief depressive Sinnkrise. Es schien ihr alles schwarz in schwarz auf dunkelgrau zu sein.

Wenn man es sich so recht überlegte, war doch das ganze Leben nur Mist. Warum lebte man überhaupt? Wem nützte es? Man wurde geboren, und egal wie sehr man sich abstrampelte, irgendwann musste man sterben. Was war danach? Was passierte dann? Man konnte doch diese Wartezeit einfach verkürzen und früher ins Jenseits entschwinden? Wen würde das schon groß stören? Wer würde sie denn vermissen?

Fee, okay, aber die war ja auch schon fast groß und würde wohl zurechtkommen. Und alle anderen konnte ihr sowieso gestohlen bleiben. Sie hatte ja doch keine Chance mehr, in diesem Leben noch einmal glücklich zu sein. Sie hatte ihren Teil am Glück doch schon mit Bertold gehabt. Es würde nur noch Arbeit und Mühsal sein bis zu ihrem Tod.

Als Fee an der Haustür klingelte, nachdem sie die örtliche Fußballmannschaft bei ihrem Punktspiel angefeuert hatte, ertappte sich Karen dabei, dass sie die Schlaftablettenvorräte in ihrem Medizinschrank kontrollierte. Wie aufwachend schlug sie schnell die Schranktür zu und öffnete die Haustür.

Ihr Herz klopfte wild und sie hatte einen massiven Adrenalinstoß und sogar einen roten Kopf gekommen. Das war doch wohl nicht möglich? An Selbstmord hatte sie vorher noch nie einen Gedanken verschwendet.

Etwas kurzatmig hörte sie sich den Spielbericht an, den ihre Tochter abgab. Der eine Spieler der gegnerischen Mannschaft sei so süß gewesen. Der habe so gut ausgesehen und jedes Mal, wenn er mit dem Ball vorbeigedribbelt sei, habe er ihr zugelächelt, und er habe so ein niedliches Lächeln … Und so ging es immer weiter.

Es fiel Fee zum Glück nicht auf, dass Karen nur sehr geistesabwesend ach oder ach ja oder ach nein sagte. Sie war so in ihrer eigenen Erzählung verfangen, dass sie nur so übersprudelte. Dann enteilte sie, um ihrer Freundin Catharina alles am Telefon noch einmal haarklein auseinander zu setzen.

Karen ging in die Küche und kochte sich einen rattengiftstarken Nachtschwesternkaffee, verbot sich selbst vorerst jeden Alkohol und nahm einen Schreibblock in die Hand.

Sie schrieb einen langen und ausführlichen Brief an ihren Bertold. Das war eine Angewohnheit aus der Zeit nach seinem Tod. Damals hatte der nette junge Pastor ihr den Vorschlag gemacht, als sie sagte, es gäbe noch so vieles, was sie ihrem Mann hatte mitteilen wollen, und er sei so plötzlich und so unerwartet aus ihrem Leben verschwunden, dass sie das Gefühl habe, sich nicht richtig verabschiedet zu haben.

Und tatsächlich hatte es für Karen eine große Erleichterung gebracht, ihre Gedanken Bertold „vorzutragen". Sie hatte sich oftmals bei ihm über Fee und die Probleme als alleinerziehende Mutter beklagt, und zeitweise waren es richtiggehende Tagebuchbriefe gewesen, die ihr dann oftmals auch halfen, die Dinge klarer zu sehen und ihre eigene Gemütslage auf den Punkt zu bringen.

An diesem Sonntag schrieb Karen nun seit Jahren das erste Mal wieder wie besessen. Sie berichtete über den Mordfall, die Drogengeschichte, diese beiden neuen Männer oder den einen alten und den anderen neuen oder wie auch immer man es sehen musste – und Bertold hätte Sven doch auch gekannt und was er denn meinen würde und Werner sei so lieb, und dann schrieb sie auch von ihrem Blick in den Medizinschrank und dem Schrecken, den sie danach bekommen habe.

Sie füllte fast zehn Seiten, bevor sie so wie früher – etwas kitschig – den Brief in einen Umschlag steckte und zuklebte. Nachdem sie: „An Bertold – Himmel" daraufgeschrieben hatte, legte sie ihn in die Schachtel zu den anderen Hunderten verschlossenen Briefumschlägen und überlegte, was Bertold ihr wohl geantwortet hätte.

Sie sah ihn im Geiste vor sich, diesen ruhigen Mann, der für so viele verdrehte Spielarten der menschlichen Natur Verständnis gehabt hatte. Sie hörte, wie er sagte, es sei eigentlich nicht Karens Art, sich vor Tatsachen und Aussprachen zu drücken. Sie müsse die Sache mit den beiden Männern klären, so sei es unfair, sowohl Sven als auch Werner gegenüber.

Nun wollte Karen ja so gerne alles klären, nur sie war sich selbst nicht im Klaren, was sie wollte und was sie fühlte. Das war der Schritt, bei dem auch Bertold ihr nicht helfen konnte. Sie selbst musste sich entscheiden und sich über ihre Gefühle klar werden.

Da schoss ihr ein merkwürdiger Gedanke durch den Kopf: Stell dir vor, du siehst Werners Todesanzeige in der Zeitung, was fühlst du? Und was denkst du, wenn du Svens Todesanzeige lesen würdest?

Da sprangen ihr doch tatsächlich beim Anblick von Svens Namen in der Zeitung vor ihrem geistigen Auge die Tränen in die Augen. Sie weinte um ihn, als ob er gestorben sei, und plötzlich hatte sie ihre Antwort. Sie wusste, was los war.

Schnell rief sie Fee zu, sie würde noch einmal wegfahren, und rannte zum Auto. Sie musste jetzt unbedingt zu Sven. Als sie sich seiner Wohnung näherte, kam ihr das eigene Verhalten plötzlich total blöde vor. Sie merkte, dass sie langsamer fuhr und sogar die Abzweigung in die Straße verpasste, in der Sven wohnte.

Was, wenn er nicht da war? Wie sollte sie ihm das alles erklären? Sie konnte sich doch nicht ihm an den Hals werfen und sagen, Sven, ich habe so geheult, als ich mir deine Todesanzeige in der Zeitung vorgestellt habe, dabei ist mir klar geworden, was du für mich bedeutest. Absolut lächerlich.

Sie war schon fast wieder auf dem Rückweg nach Hause, als vor ihrem geistigen Auge der Medizinschrank in ihrem Badezimmer auftauchte. Resolut fuhr sie zu Svens Wohnung, parkte das Auto, nahm ihren ganzen Mut zusammen und läutete.

Es war dieser merkwürdige Moderator, der ihr die Tür öffnete. Als sie fragte, ob Sven da sei, rief er über die Schulter: „Sven, es ist für dich!" und verschwand wieder in seinem Zimmer. Einen Augenblick lang hatte Karen das Bedürfnis wegzulaufen.

Dann öffnete sich eine andere Tür und Sven sagte: „Wer zum Teufel ...?", als er sie sah und abbrach. Karen wusste nicht, was sie erwartet hatte. Sie hatte keinen Plan für das weitere Geschehen. Sie wusste, dass Sven nun völlig verunsichert war, denn in seiner Wohnung war sie noch nie gewesen. Nun sah sie auf seinem Gesicht Verwirrung, Unsicherheit und totale Verblüfftheit.

Bevor er soweit war, dass er etwas sagen konnte, fragte sie schnell, ob sie einen Tee bekommen könne. Sven erwachte aus seiner Erstarrung und ging in die Küche. Karen folgte ihm und musste zugeben, dass sie noch nicht viele so saubere und funktionell eingerichtete Küchen gesehen hatte wie diese.

Als ob er ihre Gedanken hätte lesen können, sagte Sven plötzlich, dass sein Mitbewohner leidenschaftlich gern koche und auch die Putzfrau bezahle, die täglich komme.

Dann machte er in aller Seelenruhe Tee, das heißt er stellte den Wasserkocher an, suchte alle Tee-Utensilien zusammen und richtete ein Tablett mit Tassen, Zucker, Sahne und alldem her. Während der ganzen Zeit schwiegen beide. Karen hatte das Gefühl, als ob eine Wand der Wortlosigkeit zwischen ihnen wüchse. Sie zermarterte ihr Hirn nach einem unverfänglichen und dennoch interessanten Thema, aber ihr fiel nichts ein.

Außerdem fand sie es noch schwerer gegen einen Rücken anzureden, den Sven ihr beharrlich zudrehte, als ihm etwas ins Gesicht zu sagen. Stunden später – wie es ihr so vorkam – nahm Sven das Teetablett und ging voraus in sein Zimmer.

Es war so, als ob er plötzlich einen Entschluss gefasst hatte. Karen folgte ihm mit gemischten Gefühlen. Was hatte sie sich eigentlich gedacht, hier so her zu kommen? Was sollte sie als Grund angeben? Wie sich verhalten?

Als sie über die Schwelle in das geräumige Zimmer von Sven trat, starrte sie plötzlich sprachlos auf die gerahmte Vergrößerung eines Szenenfotos aus dem Laienspielstück, in dem sie damals das Liebespaar gemimt hatten. Leise erklärte Sven, er habe es damals nach dem Tod von Bertold vergrößern lassen, als er begonnen hatte, sich in sie zu verlieben.

Karen wusste auch nicht wie, aber da lag sie plötzlich in seinen Armen und weinte sogar ein bisschen. Sie stellte sich auf die Zehenspitzen und gab Sven einen kleinen vorwitzigen, dankbaren Kuss, das heißt, das hatte es werden sollen.

Durch Svens Verhalten wurde es jedoch eine lange und intensive zärtliche Kussorgie, nach der sie mit dem kalten Tee wieder in die Küche gingen, um neuen zu kochen. Dann redeten und schmusten sie wieder so lange, bis auch dieser Tee kalt geworden war.

Karen hatte bei Fee angerufen und Bescheid gesagt, wo sie war. Fee fand es völlig in Ordnung, allein zu Haus zu sein. Sie würde gleich ins Internet gehen und ein bisschen chatten.

Also beschlossen Karen und Sven, Essen zu gehen. Sie fuhren ein Stück weiter zu einem ländlichen Gasthaus, damit sie den Abend auch für sich hatten und nicht dauernd Freunde an ihren Tisch kamen. Irgendwie wollten beide dieses kleine zaghafte Pflänzchen der Beziehung, die sie aufbauten, noch nicht dem grellen Licht der Öffentlichkeit aussetzen.

Sie suchten sich einen schmalen Tisch, setzten sich gegenüber, verkreuzten die Beine miteinander und lasen ausführlich Speisekarte. Als Karen den Heißhunger merkwürdig fand, den sie verspürte, fragte Sven was sie denn heute schon gegessen habe.

Es stellte sich heraus, dass es – außer diesen unglückseligen Gläsern Rotwein – nicht der Rede wert gewesen war. Dann ertappte Karen sich dabei, wie sie Sven die gesamte Sonntagsgeschichte erzählte. Es fiel ihr überhaupt nicht schwer, Sven alles so darzustellen. Es war eine solche Vertrautheit zwischen ihnen, die Atmosphäre war so entspannt.

Als sie Sven dies sagte, drückte er seine Waden gegen ihre und meinte, es sei ja eigentlich völlig unromantisch und langweilig so ohne eine knisternde Spannung, aber er empfände genauso. Dabei strahlte er sie an, als habe er gerade einen Sechser im Lotto gehabt.

17

Am nächsten Morgen in der Schule strahlte Karen eine so heitere Atmosphäre aus, dass die anderen gar nicht darum herum kamen zu fragen, was denn passiert sei. Zum Glück war Werner an diesem Tag mit Maria wieder mal bei seinem Freund Daniel, so dass Karen diese Konfrontation noch erspart blieb. Davor hatte sie doch etwas Angst.

Anne und Marion freuten sich mit Karen über diese Entscheidung und die sich anbahnende Beziehung. Beide waren zwar – ähnlich wie Karen es selbst gewesen war – überrascht, dass es Sven und nicht Werner war, dem Karens Zuneigung galt, aber sie hüteten sich, diese Überraschung zu zeigen. Im Unterricht lief alles ziemlich nach Plan ab, denn irgendwie verbannte Karens strahlende Sonne allen Streit aus dem Klassenzimmer.

In der großen Pause ertappte Karen sich dabei, dass sie an ihrem Schreibtisch saß und mit der Dänenkrone spielte, die sie an ihrer Halskette trug, und so ein seliges Lächeln im Gesicht hatte.

Sie hatte sich gerade daran erinnert, dass Sven ihr am gestrigen Abend eigentlich unbedingt einen Ring hatte schenken wollen. Sie hatten lauter alberne Theorien aufgestellt und ausgesponnen, wo man am Sonntagabend einen Ring bekommen könne.

Die Ideen reichten von Kaugummiautomaten bis zu Coladosenverschlüssen. Es ging vom Einbruch beim Juwelier bis zum „Mord und Raub eines Rings aus Liebe". Die Einfälle wurden immer abstruser, was der Stimmung jedoch keinen Abbruch tat.

Beim Bezahlen fand Sven dann diese kleine Dänenkrone mit dem Loch in der Mitte in seinem Portemonnaie, überreichte sie Karen scherzhaft und sagte mit geheuchelter Überraschung in der Stimme, es sei ihm peinlich, dass sie nicht auf ihren Ringfinger passe, aber er hätte ja auch ihre Größe nicht gewusst.

Karen hatte die Münze lachend auf die Kette aufgefädelt, die sie trug, und sich mit einem Kuss bedankt, woraufhin Sven sofort sagte, er habe noch Hunderte von solchen Münzen zu Hause und ob er die auch alle für den gleichen „Preis" bei ihr loswerden könne; und sie waren richtig albern gewesen.

Gegen elf hatten sie sich dann schweren Herzens von einander verabschiedet, und Karen war nach Hause gefahren. Irgendwie hatte sie nicht gleich bei Sven übernachten wollen, aber heute kam Sven zum Mittag, und Fee hatte die Nachricht, dass Karen nun mit Sven „zusammen" war, sehr freudig aufgenommen und gleich gefragt, ob sie dann alle Bücher umsonst lesen dürfe.

Am Nachmittag hatte Karen eine Fortbildung. Fee würde mit Sven nach Westenstedt zu ihrem Basketballtraining fahren. Danach wollte sie noch einkaufen, und um sechs würde Karen sie im Laden wieder abholen.

Soweit war die Planung gediehen. Doch wie so oft kam alles anders, denn kurz nach Schulschluss rief Werner etwas atemlos an. Er wisse nun gar nicht, was er machen solle und überhaupt: Daniel hatte durch die Hypnose herausbekommen, dass Maria in der Mordnacht im Carport gesessen und auf ihren Vater gewartet habe, der – wie ja nun bekannt – bei seiner Freundin gewesen war. Sie hatte etwas zerbrochen gehabt und wollte bei dem Vater um Gut-Wetter bitten. Mit dem Instinkt eines Kindes hatte sie das Gefühl, dass Papa, immer wenn er abends so spät kam, zugänglicher war als sonst. Alles wurde leichter verziehen und wog nicht so schwer.

An diesem Abend nun habe sie dort gesessen und gewartet. Es sei ihr langweilig geworden und so habe sie versucht, sich an die Vögel in der Hecke anzuschleichen. Sie wäre so vertieft ins Leisesein gewesen, dass sie erst recht spät den Mann bemerkte, der bei dem Schuppen auf dem Nachbargrundstück stand.

Er hätte schwarzes Zeug angehabt und völlig reglos gewartet. Zum Glück hätte er in die andere Richtung gestarrt und Maria nicht gesehen. Dann sei Mittendorfs Auto vorgefahren, das kannte Maria, weil es der einzige Smart in der näheren Umgebung war. Hans-Peter Mittendorf sei in den Schuppen gegangen und der Mann aus dem Schatten hinterhergeschlichen.

Mehr hätte Maria nicht gesehen, denn in dem Moment sei ihr Vater mit seinem Auto gekommen, und sie habe ihre Beichte loswerden wollen.

Nach diesem telefonischen Bericht saß Karen erst einmal völlig erschlagen am Telefon. Da hatten sie alle gedacht, Maria habe wegen der Trennung ihrer Eltern einen Selbstmordversuch unternommen, dabei kam nun heraus, dass sie sich für Mittendorfs Tod verantwortlich gefühlt hatte, da sie keinem von dem Schuppentreffen erzählt hatte.

Die Situation war ihr auch im Nachhinein so bedrohlich vorgekommen, dass sie niemandem davon erzählen konnte.

Karen rief bei Sven an und sagte die Essenseinladung ab. Sie bat ihn um Verständnis, sie würde ihm abends alles erzählen. Sven klärte sich sofort bereit, Fee von der Schule abzuholen, mit Mittag zu versorgen und zum Basketballtraining zu bringen. Er war so rührend bemüht, obwohl Karen ihm keinen Grund für ihre Absage genannt hatte, dass Karen fast schon wieder hätte heulen können.

Dann telefonierte sie – wie mit Werner abgesprochen – mit Frau Kleininger und dem Dorfpolizisten Kreutzner. Also fand wieder einmal ein Treffen statt. Dieses Mal in ihrer Schule. Es waren fünf Leute anwesend, nämlich Werner, Frau Kleininger (Maria spielte auf dem Schulhof), Karen, Dorfpolizist Kreutzner und der für den Fall zuständige Kriminalbeamte mit dem wohlklingenden Namen Oblossomow.

Werner stellte die Situation erneut dar, wie er sie Karen schon am Telefon dargelegt hatte. Das Problem war, dass die Aussage unter Hypnose getätigt worden war. Es zweifelte niemand deren Wahrheitsgehalt an, aber es machte im Augenblick direkte Nachfragen unmöglich, denn die Annäherung von Maria an diese Wahrheit musste Schritt für Schritt erfolgen, da sonst nicht nur die Chance auf die Aussage gering war, sondern auch die gesamte Therapie in Frage gestellt war.

Herr Oblossomow befragte Frau Kleininger zu dem Nachbargrundstück und erfuhr, dass es sich um eine Baulücke handele mit altem Baumbestand. Der Eigentümer sei der Bruder von Bauer Frenzen, der schon lange nicht mehr in Walsdorf wohne.

Es sei damals bei der Hofübergabe ein Teil der Entschädigung, der Auszahlung oder so gewesen. Frenzens Bruder hatte dort diesen alten Schuppen, den er im Herbst für die Ernte und Lagerung der Äpfel nutzte. Den Rest des Jahres kümmerte sich niemand um das Land.

Von dem Haus der Kleiningers ging kein Fenster in die Richtung, und auf der anderen Seite schloss sich die Wand von Bauer Frenzens Kuhstall an, so dass von dort auch keine Gefahr des Gesehenwerdens bestand. Die gegenüberliegende Straßenseite war unbebaut, und Hans-Peter Mittendorf hatte als Feuerwehrmann sicher immer eine gute Ausrede parat, falls ihn jemand auf seinen Aufenthalt dort angesprochen hätte.

Als nächstes beorderte der Kripomann seine Spurensicherungsmitarbeiter her und telefonierte mit dem Eigentümer, um zu erläutern, warum auf seinem Grundstück Ermittlungen notwendig seien. Die Quelle der Auskunft über Mittendorfs Aufenthalt an genau dieser Stelle verschwieg Oblossomow wohlweislich.

Es war besprochen worden, dass Maria keine Gefahr drohte, so lange niemand außer den im Raum befindlichen Personen die Zusammenhänge kannte. Als die Kollegen kamen, fuhr Frau Kleininger mit den Kripobeamten davon. Maria wurde noch auf dem Schulhof belassen. Sie bekam Bescheid, dass ihre Mutter kurz wegfahren würde und Frau Frei und Herr Kesselschmied ja noch da wären, falls etwas sein sollte. Damit war Maria zufrieden.

Dorfpolizist Kreutzner war mitgefahren, und so waren Karen und Werner plötzlich und unerwartet allein. So plötzlich und so unerwartet, dass beide irgendwie in Sprachlosigkeit und Befangenheit verfielen. Karen wusste, sie musste Werner nun erklären, dass sie mit Sven zusammen war – das war nur fair und ehrlich –, aber wie sollte sie es sagen?

Schließlich hatte es ja zwischen ihr und Werner keine Beziehung in dem Sinne gegeben. Eigentlich überhaupt keine, wenn man es mal so betrachtete, also konnte sie doch ruhig sagen, dass sie nun anderweitig gebunden war. Aber wenn sie das nun sagte, warum sollte sie es sagen, wenn doch keine Beziehung dagewesen war. Mein Gott, war das kompliziert.

Gerade wollte Karen den Mund öffnen, um irgend etwas zu sagen, da fragte Werner, ob er telefonieren dürfe. Natürlich durfte er. Das Telefon stand im gleichen Raum, und Karen hörte das Gespräch mit, jedenfalls was Werner sagte.

Er sprach mit einer Maiken, mit der er wohl verabredet gewesen war, denn er entschuldigte sich, dass er nicht kommen könne und er würde ihr alles später erklären.

Diese Worte, die fast genauso klangen wie die, die Karen Sven gegenüber gebraucht hatte, machten sie stutzig. Vielleicht gab es eine Frau in Werners Leben? Vielleicht machte sie sich die ganze Zeit Gedanken wegen nichts? Vielleicht hatte sie alles fehlinterpretiert? Oder überhaupt nur interpretiert?

Sie war so vor den Kopf geschlagen, dass Werner es wohl an ihrem Gesichtsausdruck ablesen konnte. Er wurde rot und setzte zu einer Erklärung an, als das Telefon klingelte.

Es war Sven, der nicht stören wollte, aber sie müssten noch Fees Basketballsachen holen und Fee habe keinen Schlüssel mit und ob der Reserveschlüssel an dem Fee bekannten Platz läge, oder ob sie in der Schule vorbeikommen sollten, und er hätte sie lieb.

Karen hatte zwar nur mit Ja und Nein geantwortet und mit: „Ich dich auch!" Doch war es wiederum ihr Gesichtsausdruck, der Bände sprach. Werner sagte: „Ich gehe mal davon aus, dass das nicht Fee war, mit der du telefoniert hast!" und Karen antwortete: „Das vorhin war wohl auch nicht deine Mutter?"

Dann lachten beide unsicher und erleichtert, und Karen war sich sicher, dass nichts mehr erläutert zu werden brauchte.

Da kam Maria vom Schulhof, denn es fing an zu regnen und sie hatte Hunger. Karen und Werner hatten ebenfalls noch kein Mittag gehabt.

Schnell beschlossen sie in Westenstedt Pommes zu essen. Karen rief Sven an und sagte, sie würde die Sportsachen von Fee vorbeibringen. Sie hatte die beiden gerade noch in der Tür erwischt. Werner rief Frau Kleininger an und sagte, sie würden Maria nach dem Pommesessen an der Vordertür abliefern.

Das war soweit auch okay, denn von dort sah man das Obstbaumgrundstück nicht. Sie fuhren getrennt nach Westenstedt. Dadurch war es Karen möglich, hinterher bei Sven zu bleiben, während Werner zu seiner Verabredung konnte, nachdem er Maria zu Hause abgeliefert hatte.

18

Am nächsten Tag ließ ausgerechnet Marion die Bombe platzen. Karen gab die offizielle Version der Maria-Geschichte zum Besten, auf die sie sich in dem Gespräch geeinigt hatte: Maria hatte angeblich unter Hypnose etwa gesagt, dass es nötig machte, Herrn Kleiningers Alibi erneut zu überprüfen. Daher waren diese Leute alle in der Schule und bei den Kleiningers gewesen usw. usf.

In diesem Zusammenhang hätten sie verdächtige Anhaltspunkte auf dem Nachbargrundstück gefunden und die Ermittlungen dorthin ausgedehnt. Genau wie damals, als Werner bei Karen übernachtete hatte, galt auch hier, möglichst dicht an der Wahrheit bleiben, dann lügt es sich am einfachsten.

Im gleichen Atemzug erzählte Karen Marion auch von dem Telefongespräch, dass Werner mit dieser Maiken geführt hatte, und wie erleichtert sie gewesen war, dass er jemanden hatte.

Sie redete und redete, bis sie plötzlich merkte, dass Marion ganz nachdenklich geworden war. Marion sagte, sie habe den Namen Maiken gerade neulich irgendwo gehört und er sei ja nicht so häufig. Ihr fiele nur nicht ein, wo sie ihn gehört hatte.

In der großen Pause ließ sie dann die Katze aus dem Sack. Sie hatte etwas im Klassenbuch eingetragen, und dabei war ihr eine Entschuldigung von Peters Mutter in die Hände gefallen.

Sie war mit Maiken Schneider unterschrieben worden. Das konnte Karen nun doch nicht glauben. Das musste ein Zufall sein. Es musste noch eine andere Maiken geben. Werner konnte doch unmöglich mit Frau Schneider gehen, mit Peter und Corinnas Mutter, mit dieser verhuschten Person?

Nein, das konnte sie nicht glauben. Da fiel ihr ein, dass das Telefon in der Schule die letzten sechs Nummern speicherte, die gewählt worden waren. Also eilte sie in ihre Klasse und fragte den Speicher ab. Die erste Nummer, die aufleuchtete, war die vom Schulamt. Da hatte Karen morgens angerufen, um etwas wegen eines Gastschulverhältnisses zu klären, davor war die Nummer einer anderen kleinen Grundschule, mit der Marion etwas zu besprechen gehabt hatte wegen einer gemeinsamen Fortbildung. Dann kam Svens Nummer und dann leuchtete eine Nummer auf, die Marion sofort als die Schneidersche Telefonnummer identifizierte, denn die hatte sie ja schon oft genug gewählt.

Karen sah aus dem Fenster, sah wie Werner mit den Kindern balgte und fragte sich was er wohl an einer Frau Schneider fand? War es ein männlicher Beschützerinstinkt? War es Mitleid? Gebrauchtwerden? Dieser starke, lebenslustige Mann konnte sich doch unmöglich in eine Frau verlieben, die noch mit den Auswirkungen der Misshandlungen ihres Mannes zu kämpfen hatte. Denn genauso hatte der Anruf geklungen, wie der eines Verliebten. Nun war Karen völlig verwirrt. Verstehe einer die Männer. Sven brauchte Jahre und wandte dann die Schocktherapie an, und Werner verliebte sich in eine Frau Schneider.

Karen gönnte es ihm und vor allem auch ihr, Maiken, von ganzem Herzen und hoffte inständig, dass es gut gehen würde, denn einen besseren Partner als Werner konnte die Frau nicht bekommen, vor allem keinen verständnisvolleren nach diesem Ekelpaket von Ehemann, den sie vorher gehabt hatte.

Dabei fiel ihr ein, dass ja die Scheidung nun auch bald sein müsse. Sie fragte Marion und diese bestätigte, dass der Termin morgen sei. Frau Schneider habe Werner gebeten, die Kinder zu beaufsichtigen, falls sie noch nicht rechtzeitig aus der Kreisstadt zurück sei. Da hatte sich Marion noch nichts gedacht. Sie hatte Frau Schneider nur gefragt, ob sie sich das wirklich antun müsse, überhaupt dorthin zu fahren und ihren Ehemann noch einmal wiederzusehen und all das. Aber Frau Schneider schien es als einen Therapieschritt zu sehen. Sie wollte sich dem Ganzen stellen und zeigen, dass sie sich nicht mehr in der Opferrolle befand. Das war für sie wichtig.

Sie musste auch diese Scheidung, diese Trennung mit eigenen Augen sehen und mit eigenen Ohren hören, um glauben zu können, dass es wahr war. Außerdem würde er ihr im Gerichtssaal nichts tun, und ihre Anwältin hatte versprochen, sie in ihrem Auto mitzunehmen, so dass die Anonymität nicht durch das Autokennzeichen auffliegen könne.

Danach müsse sie dann auch nur noch eine Woche durchhalten, bis ihr Mann in den Knast ginge. Dass er verurteilt werden würde, stehe fest und das gebe ihr Kraft, und Werner wäre ja auch noch da. Selbst über diesen Ausspruch war Marion nicht gestolpert, denn Werner half ja tatsächlich, wo er nur konnte.

19

Dann überschlugen sich die Ereignisse. Fee kam mittags ganz aufgeregt nach Hause und berichtete, dass sie einen fremden Typen auf dem Schulhof herumlungern sehen habe, der die gleiche komische Weste angehabt hatte wie der Dealertyp. Dieser Kerl hatte sich mit verschiedenen Schülern unterhalten, unter anderem auch sehr intensiv mit Ekel-Per.

Das war in der großen Pause gewesen, und Fee hätte es fast nicht bis Schulschluss ausgehalten, so kribbelig sei sie gewesen.

Catharina wäre der Typ auch sofort aufgefallen, und beinahe wären sie zur Schulleiterin gegangen, aber dann hatten sie sich doch nicht getraut. Karen rief sofort bei Frau Totz an, die ihr ihre Handynummer gegeben hatte, und berichtete von dem Gesehenen.

Die Kriminalbeamtin meinte auch, dass es gut möglich sei, dass der Dealer die auffällige Weste an jemanden weitergegeben habe, um diesem die Kontakte zu erleichtern. Fee solle sich, falls der Typ noch einmal wieder auftauchen würde, möglichst sein Gesicht einprägen und sofort bei ihr anrufen.

Frau Totz glaubte zwar nicht, dass der Typ noch einmal in die Schule kommen würde, denn ihrer Meinung sei nunmehr der Kontakt hergestellt worden. Auch dachte sie nicht, dass der Treffpunkt „Alte Fabrik" noch benutzt werden würde. Dazu waren diese Typen viel zu vorsichtig. Aber sie bedankte sich für den Hinweis und bat Fee noch einmal, Augen und Ohren weiterhin offen zu halten.

Eine halbe Stunde später rief Herr Oblossomow an, der Kriminalbeamte, der den Fall Mittendorf bearbeitete. Sie hatten im Schuppen deutliche Hinweise darauf gefunden, dass zwei Männer sich dort aufgehalten hatten. Es gab Zigarettenkippen und verschiedene Fußabdrücke, von denen die eine Sorte zu den Schuhen passte, die

Mittendorf noch an den Füßen gehabt hatte, als er im Kofferraum gefunden worden war.

Diese Andeutung an den grausigen Tag reichte schon, damit sich Karens Mageninhalt hob. Herr Oblossomow hatte nun einige detaillierte Fragen zur Täterbeschreibung und bat, ob es wohl möglich sei, dass diese in irgendeiner Form Maria während der Hypnosebehandlung gestellt werden könnten?

Da war Karen überfragt. Sie gab dem Beamten Werners Telefonnummer und bat ihn, dort nachzufragen.

Sie hoffe, dass entweder Werner helfen könne oder an Daniel weiterverweisen würde. Als letztes stellte Herr Oblossomow noch eine beunruhigende Frage. Es kam so völlig im Nebensatz heraus, dass Karen sofort eine immense Wichtigkeit vermutete.

Ob sie oder ihre Tochter Fee von Jugendlichen in Walsdorf wüssten, die mal einen Joint rauchen würden?

Karen wurde es heiß und kalt. Dann nahm sie sich zusammen und gab Herrn Oblossomow die Auskunft, dass ihr hier in Walsdorf nichts bekannt sei, es aber eine Westenstedter Episode gäbe, über die Frau Totz näher unterrichtet sei.

Der Kriminalbeamte sagte, Frau Totz wäre sowieso seine nächste Anlaufstelle gewesen, und bedankte sich vielmals.

Am Abend erzählte Karen Sven, der nun öfter bei ihnen übernachtete, nach dem Essen ausführlich von den gesammelten Ereignissen des Tages. Sie hatte sich auch entschlossen, Marias Rolle zu erwähnen, nachdem sie Sven zur absoluten Verschwiegenheit verpflichtet hatte.

Sven hörte sich das ganze Mord-Drogen-Hypnose-Problem geduldig an und sagte dann nachdenklich: „Per? Per Lautenbach? Doch nicht etwa der Sohn vom Juwelier Lautenbach? Von diesem NPD-Menschen?"

Karen, die den Nachnamen von Per zwar schon einmal gehört hatte, damals in dem Gespräch mit Frau Totz, aber die Verbindung zu dem Juwelier nicht hergestellt hatte in der Aufregung seinerzeit,

seinerzeit, musste erst Fee fragen, bevor sie bestätigen konnte, dass es eben dieser Per war.

Dieser Junge sei ihm höchst unsympathisch, bekannte Sven. Außerdem habe er ihn in Verdacht, schon mindestens zweimal ein Buch aus dem Laden mitgehen lassen zu haben. Das sei doch der beste Freund von dem aggressiven Mirko Mittendorf. Hier hielt Sven plötzlich inne und dachte nach. Es schien sowohl Karen als auch Sven zuviel des Guten zu sein. Das konnte doch nicht Zufall sein?

Karen wählte Frau Totz' Handynummer erneut und teilte ihr mit, dass Per der beste Freund von dem Sohn von Hans-Peter Mittendorf sei. Die Kripobeamtin sagte, sie habe es bereits gewusst, da sie routinemäßig alle Schüler, deren Namen sie wusste, überprüft hätte.

Es war auch für Herrn Oblossomow ein sehr interessantes Detail gewesen, aber trotzdem vielen Dank, und sie möge bitte weiterhin anrufen, wenn ihr solche Dinge auffielen.

20

Am nächsten Tag konnte auch Werners Gegenwart nichts daran ändern, dass alles schief ging. Natürlich war durchgesickert, dass wieder etwas im Mordfall Mittendorf ins Rollen gekommen war. Auch der Schuppen war Dorfgespräch. Maria fiel zusehends in sich zusammen, auch wenn niemand sie mit den Erkenntnissen in Verbindung brachte. Die beiden Amateurdetektive bauten sofort eine neue Theorie um Bauer Frenzen herum auf, der nach ihrer Logik angeblich seinem Bruder das Erbe wieder abjagen wollte.

Das brachte die Frenzentochter Lara auf die Barrikaden, die ja bisher von jeglichen Anschuldigungen ausgespart worden war. Lara war zwar intellektuell in der Lage, dies alles als Unsinn zu entlarven, ärgerte sich aber dennoch enorm über das Geschwätz.

Es führte eins zum anderen, und Karen beschloss spontan, statt der geplanten Kunststunde einen Gang in den Schulgarten zu unternehmen. Sie gab den Kindern die Gartengeräte und verteilte an sie Arbeiten, die möglichst weit auseinander lagen. Da musste Unkraut gejätet werden, Baumsprösslinge waren freizulegen, die sonst im Gras erstickten usw.

Dadurch hielten sich die Aggressionen in Grenzen. Außer dass Mark seinem Detektivfreund Gerd den Spaten vor das Schienbein knallte und als Rückantwort dessen Harke ins Kreuz bekam. Frenzentochter Lara hatten diesen Schlagabtausch ausgelöst, da sie im Gegenzug zu den Beschuldigungen der beiden die Theorie aufgestellt hatte, sie würden nur beide alle Leute verdächtigen, da sie selber Dreck am Stecken hätten. Das hatte sie so geschickt formuliert, dass sie die beiden tatsächlich gegeneinander ausspielen konnte, und das hatte zum Streit geführt.

Auf jeden Fall waren alle Lehrkräfte am Ende des Schultages rechtschaffen k. o. Bei Marion war es Peter gewesen, der wohl doch etwas von der Spannung mitbekommen hatte, in der seine Mutter sich befand, und nun in der Schule über Tische und Bänke ging. Er wusste sich nicht anders zu helfen, als mit allen Streit anzufangen, sogar mit Werner, was vorher noch nie vorgekommen war.

Mittags ließen Karen und Werner gerade noch einmal den Tag Revue passieren und diskutierten über Marias Probleme, als Frau Schneider vorfuhr.

Sie sah ziemlich fertig aus. Die Scheidung war zwar ohne größere Schwierigkeiten über die Bühne gegangen, aber das Wiedersehen mit dem Mann, der es geschafft hatte, sie so zu quälen und zu erniedrigen, und das Wahrnehmen der geballten Aggressivität, die von ihm ausging, hatten sie viel Kraft gekostet.

Außerdem war es trotz allen Vorkehrungen möglich, dass ihr Exmann nun auch noch ihre Adresse wusste. Sie schien ziemlich am Ende zu sein.

Werner schlug – mit hochrotem Kopf – vor, sie könne mit den Kindern für die eine Woche zu ihm ziehen. Dorthin führte so schnell keine Spur, die ihr Exmann aufnehmen könne. Frau Schneider war so mit den Nerven fertig, dass sie sich keine Gedanken über das Gerede der Leute mehr machte und einfach zusagte.

Also fuhren Werner und sie rasch zur Wohnung, um einige Sachen zusammenzupacken und sich eine Begründung des neuerlichen Umzugs für die Kinder zu überlegen, während Karen die beiden Kleinen beaufsichtigte, die sich mit einen Lernspiel am Computer vergnügten.

Als Werner mit den Schneiders abgefahren war, schlang Karen zu Hause eine Art Sandwich hinunter und machte eine lange Mittagspause. Sie fühlte sich wie ausgelaugt von diesem ganzen Psychostress. Fee war bei Sven in der Stadt geblieben, so hatte Karen Zeit und Ruhe.

21

Um fünf setzte Karten sich in ihr Auto und fuhr zu Svens Laden, um Fee abzuholen. Zu ihrer nicht geringen Überraschung war Fee nicht in der Buchhandlung. Das war wie gesagt etwas, was bei Karen immer die Alarmglocken läuten ließ, denn im Normalfall sagte Fee zumindest telefonisch Bescheid, wenn sie irgendwo länger bleiben wollte, und Svens Nummer wusste sie.

Als Buchhändler hatte er sich eine einprägsame ausgesucht: 54321. Telefonkarte und Kleingeld hatte Fee auch immer dabei, darauf achtete Karen. Was also hatte dies zu bedeuten?

Sven versuchte sie so gut es ging zu beruhigen, man wisse doch, wie Kinder so sind. Aber in Karens augenblicklichem, nervlich angespanntem Zustand war ihr das keine Hilfe.

Im Gegenteil, es führte fast zu dem ersten Streit der beiden, denn Karen hatte das Gefühl, dass Sven ihre Sorgen und Nöte und damit sie selbst nicht ernst nehmen würde, was er wiederum abstritt.

Kurz bevor sie anfingen, sich gegenseitig anzuschreien, klingelte das Telefon. Sven gab Karen den Hörer und sagte mit dieser „Ich-hab-es-doch-gewusst"-Miene: „Fee!" Karen fiel ein Stein vom Herzen, allerdings nur so lange, bis sie die Stimme ihrer Tochter hörte.

Fee flüsterte und sagte als erstes: „Keine Fragen, ich habe nicht viel Zeit!" Sofort verstummte Karen, und Fee gab weitere Anweisungen: „Ruf Frau Totz an. Ich habe den Typen mit der Weste wieder gesehen und bin ihm heimlich gefolgt. Er ist jetzt mit Per und ein paar anderen hinter dem Jugendzentrum verschwunden. Du weißt doch, da ist so ein Stück Wildnis. Ich bin hier ins JUZE geflitzt, um zu telefonieren, will sie aber nicht so lange aus den Augen lassen!"

Damit legte Fee den Hörer wieder auf, bevor Karen die Chance hatte etwas zu antworten. Jetzt flatterten ihre Nerven total.

Natürlich war es nicht gut möglich, dass dieser Typ Fee erkannte, aber Per Lautenbach oder einer von der Clique.

Rasch wählte sie Frau Totz' Handynummer, bekam aber nur das Deadendzeichen: Entweder war das Handy nicht eingeschaltet oder die gute Frau war „ohne Empfang". Verdammter Mist! Was sollte sie denn nun machen? Sven hatte Kundschaft.

Also wählte Karen die Nummer von Herrn Oblossomow. Bei dem Kripobeamten hatte Karen Glück. Auf ihre Frage, ob er wisse wo Frau Totz stecke, antwortete er: „Die steht hier neben mir. Wir haben gerade ..."

Aber da hatte Karen ihn schon unterbrochen und gebeten, ja fast befohlen, verbunden zu werden. Herr Oblossomow war scheinbar solche Ausfälle von Ton und Manieren gewohnt. Er reichte jedenfalls sofort den Hörer weiter, und Karen konnte ihre Nachricht loswerden. Frau Totz sagte nur: „Okay, ich kümmere mich darum und schicke ihre Tochter dann nach Hause."

Karen konnte das Nachhauseschicken gerade noch auf den Laden umlenken, dann legte auch Frau Totz auf. Die nächste halbe Stunde war für Karen und Svens junge Liebe eine böse Belastung. Karen tigerte in der Buchhandlung hin und her und war auf nichts gut zu sprechen. Sven wollte ihr so gern beistehen, aber Karen war es nun schon jahrelang gewohnt, ihre Probleme allein durchzuarbeiten, dass sie sich nicht in seine Arme fallen lassen konnte und mit seinem Angebot an Schutz und Anteilnahme schlecht zurechtkam.

So war es eine Erlösung, als Frau Totz Fee vor dem Buchladen aus dem Auto ließ, einmal hupte und davonfuhr. Bevor Fee anfangen konnte zu berichten, schlug Sven vor, die Diskussion in der Pizzeria beim Essen zu führen, und schloss den Laden ab.

Fee erzählte dann, dass Frau Totz gerade auf den Parkplatz des JUZEs einbiegen wollte, als der Westentyp in seinem Auto wegfuhr. Fee war so schnell in das Auto der Kripobeamtin gestiegen, dass es ausgesehen hatte, als wäre sie abgeholt worden. Gemeinsam hatten sie dann den roten Polo verfolgt. Als der Verkehr dünner wurde und sie in eine Wohngegend kamen, hatten sie so getan, als ob sie Briefe auszuteilen hätten.

Frau Totz hatte einen Stapel weiße Blätter gehabt, die Fee faltete und ziemlich wahllos in irgendwelche Briefkästen steckte. Die

Leute, die die Blätter später fanden, würden es sicher für einen Dummenjungenstreich halten.

Dieses Austeilen gab ihnen die Möglichkeit, langsam zu fahren, so wie das Auto vor ihnen. Es gab ihnen einen Grund für ihre Anwesenheit und machte sie damit ungefährlich für den roten Polo. Nach einiger Zeit hatte dieser Westentyp angehalten und war ausgestiegen.

Prompt hatte Fee beim nächsten Haus einen weißen Zettel eingeworfen und dann auch auf der anderen Straßenseite und ein Stück weiter vorne, so dass ihnen Zeit blieb, zu sehen, was passierte. Der Kerl guckte sich um und läutete dann bei Hausnummer 17b.

Als er in dem Haus verschwunden war, hatte Frau Totz die Gelegenheit ergriffen, Fee schnell zum Laden zu bringen, mit dem Versprechen, sie über den weiteren Verlauf der Ermittlungen auf dem Laufenden zu halten.

Karen wusste nicht, ob sie erleichtert sein sollte oder nicht, aber die Pizza und das Glas Bier hatte ihrem Nervenkostüm gut getan, so dass sie alles nicht mehr so schwarz sah.

22

Der Unterricht am nächsten Tag war anstrengend. Alle waren unruhig. Werner und Maria fuhren zu Daniel, Peter musste zeitweilig in Karens Klasse, da er mit der neuen Situation „schlafen bei Werner" fast überfordert war, zumal ihm niemand richtig erklären konnte, warum es nun so sein sollte.

Die fadenscheinigen Argumente von wegen Wasserrohrbruch nahm er nicht ernst. So waren mittags mal wieder alle mit den Nerven zu Fuß und froh, dass der Vormittag um war.

Frau Schneider hatte ihrem Herzen einen Stoß gegeben und war nicht in die Schule gekommen, denn die Kinder würden ja mit Werner fahren.

Dann passierte wieder einer dieser Wahnsinnszufälle, von denen Karen immer überrascht wurde. Sie hatte vergessen, Lieselotte einen wichtigen Brief für ihre Mutter mitzugeben, die Elternbeiratsvorsitzende war, und rannte deshalb zur Bushaltestelle.

Als sie Lieselotte erwischt hatte, den Brief übergeben hatte und auf dem Rückweg zur Schule war, hörte sie in ihrem Rücken eine männliche Stimme Mark fragen, ob dies die Grundschule sei und ob ein Peter Schneider hier zur Schule ginge.

Automatisch sträubten sich Karens Nackenhaare. Sie zwang sich, sich nicht umzudrehen, bückte sich, wie um ihren Schuh zuzumachen, und sah sich dabei unauffällig um. Am Zaun stand Mark mit seinem Rad und gab einem sehr seriös aussehenden Mann im Anzug mit Schlips und Kragen bereitwillig Auskunft.

Ja, Peter ginge hier zur Schule und sei wohl auch noch da.

Karen entdeckte Marion, die gerade aus dem Eingang trat und schrie: „Hey, warte, ich muss dir doch noch das Geld geben!" Etwas Besseres fiel ihr im Moment nicht ein. Marion wartete, obwohl sie keine Ahnung hatte, um welches Geld es sich handeln könne.

Als Karen bei ihr ankam, flüsterte sie: „Ich glaube, der Typ ist Peters Vater! Was machen wir nun?" Marion wurde ganz blass. Sie begriff sofort, worum es ging.

Während der Mann über den Schulhof kam, griff sie sich Peter, der noch vor dem Computer saß und nahm ihn mit in den Lehrmittelraum unter dem Vorwand, ihm dort ein neues Lernspiel zeigen zu wollen.

Der Lehrmittelraum hatte den Vorteil, dass er etwas abseits und versteckt lag. Es fiel einem nicht sofort ins Auge, dass dort auch noch ein ernst zu nehmender Raum war, da er von einem Klassen-

zimmer abging. Außerdem konnte man von außen nicht hinein-
sehen.

Kaum waren die beiden verschwunden, da stand der Mensch auch
schon in der Tür. Karen beschäftigte sich mit dem Wischen der
Tafel, dem Ausschalten der Computer, den Eintragungen in das
Klassenbuch und ähnlichen Arbeiten, bis der Anzugmann, der
durch die Schule gelaufen war, ohne eine Spur von Peter zu finden,
sich an sie wandte.

Frau Schneider habe ihn gebeten, Peter aus der ersten Klasse und
seine Schwester Corinna aus dem Kindergarten abzuholen, und ob
sie ihm sagen könne, wo er Peter Schneider fände.

Karen merkte gleich, dass der Mann aus einer größeren Stadt kam
und mehr Anonymität gewohnt war. Er stellte sich es wohl einfach
so vor, dass er die Kinder mitnehmen würde und fertig. Er ahnte
nicht, dass in so einem kleinen Dorf alle von allen fast alles
wussten. Er verschwendete keinen Gedanken daran, dass jemand
seine Story nicht für bare Münze nehmen würde.

Karen verhielt sich so, dass der Mann in seinem Glauben bestärkt
wurde. Sie murmelte: „Schneider, ach ja, Peter Schneider aus der
ersten Klasse. Ich weiß nicht. Die erste Klasse hat Schulschluss.
Hier ist niemand mehr. Vielleicht ist er schon nach Haus gegangen?
Oder er ist zum Kindergarten gegangen, um seine Schwester, wie
hieß sie doch gleich, abzuholen?"

Das leuchtete dem Mann augenblicklich ein, und er fragte, wie er
am schnellsten zum Kindergarten kommen würde. Karen schickte
ihn den Weg außen herum.

Als die Tür sich hinter ihm geschlossen hatte, flog sie zum Telefon
und rief Berta an. Sie betete, dass jemand das Telefon hören
würde, und sie hatte Glück. Herr Behrens war schon dabei sauber
zu machen und ging ans Telefon. Er holte sofort Frau von
Meyenstein, und Karen instruierte Berta schnell, Corinna in Sicherheit zu bringen, denn es käme jemand, vermutlich der Vater.

Berta reagierte glücklicherweise schnell. Sie sagte, sie sähe den Mann mit dem Anzug und der Krawatte schon kommen. Sie würde ihn festschnacken und Corinna, die hinten spielte, mit einer anderen Mutter mitschicken, die gerade vorgefahren war, um ihre Tochter abzuholen.

Zum Glück lag das Gebäude so günstig, dass dies möglich war, ohne dass der Mann das Kind sah. Karen sagte, Corinna solle dann mit zu dem Mädchen fahren. Werner würde sie dort abholen.

Dann schnappte sie sich Peter und schrieb einen Zettel für Werner: „Werner, ruf mich bitte sofort an. Es geht um die Examensarbeit. Dringend! Abgabetermin übermorgen!" Das war unverfänglich genug für Außenstehende und so unrealistisch für Werner selbst, dass er hoffentlich reagieren würde.

Peter fand es ganz cool, dass Marion ihn zu Karen fuhr, während diese mit dem Fahrrad hinterherkam, und so einen großen Hund wie Krümel wolle er später auch mal haben, aber – fügte er hinzu, als Krümel in voller Größe vor ihm stand – erst wenn er groß sei.

Corinna hatte schon im Auto vor Karens Haus gewartet, als sie ankamen, denn die andere Mutter hatte ihre Tochter mit dem Auto abgeholt, da sie schnell zu Opas Geburtstag mussten.

Nach dem Essen nahm Fee die beiden Schneiderkinder mit nach oben in ihr Zimmer und las ihnen Bilderbücher vor. Karen hatte nämlich schnell Nudeln und Tomatensoße gekocht. Während des Essens hatte Berta angerufen, um zu hören, ob alles geklappt hätte.

Dieser Krawattentyp habe sich bei ihr als Patenonkel ausgegeben, als Bruder von Frau Schneider, und sie habe ihm einfach erzählt, dass Corinna gar nicht im Kindergarten gewesen sei. Da müsse wohl etwas schiefgegangen sein, denn Frau Schneider hätte angerufen und mitgeteilt, dass ihre Kinder beide die ganze Nacht gespuckt hätten und sie daher beide zu Hause behalten würde. Aber er könne gern vom Kindergarten aus bei Schneiders anrufen, wenn er wolle. Das Telefon stünde dort und die Nummer würde er ja wohl wissen.

Daraufhin hatte der Typ gesagt, das wäre nicht nötig, er würde dann bei den Schneiders vorbeifahren, und Frau Schneider hätte ihn dann wohl nicht mehr erreicht, um ihm mitzuteilen, dass die Kinder zu Hause bleiben würden. Er wurde dann noch leutselig und sagte, er hätte seiner Schwester nämlich versprochen, mit den Kindern wegzufahren, bis dieser Prozess vorbei sei.

Dabei hatte er so komisch geguckt, dass Berta es am besten fand, so zu tun, als wisse sie von nichts. Sie hatte gesagt: „Wieso Prozess? Die Scheidung war doch gestern?!?"

Da hatte dieser Mensch einen ganz merkwürdigen Gesichtsausdruck bekommen und geantwortet, ja, ja, er meine die Aufregung. Dann habe er sich schnell verabschiedet, und sie, Berta, hätte sich am liebsten einen Kognak genehmigt, so fertig sei sie gewesen. So etwas sei ihr ja noch nie passiert.

Werner rief gar nicht erst an. Er hatte den Zettel an der Schultür gesehen und war gleich weiter zu Karen nach Haus gefahren. Er bedankte sich, dass sie die Kinder mitgenommen hatte, und entschuldigte sich, dass er so spät sei, weil ...

Karen hielt es nicht aus, erst Werners Geschichte zu hören, und sagte: „Willst du Nudelreste essen? Ich muss dir zuerst erzählen, was heute passiert ist." Sie bestand darauf, ihre Geschichte als erste loszuwerden, und Werner blieben beim Zuhören fast die Nudeln im Halse stecken.

Er wurde blass und blasser. Noch nachträglich wirkte er wie geschockt und meinte dann: „Maiken muss mit den Kindern wegfahren, bis dieses Ungeheuer hinter Schloss und Riegel ist. Das ist zu gefährlich so. Wenn ich nur wüsste, wohin sie fahren könne?"

Karen sagte, dass sich für solche Aktionen doch immer Verwandte gut eignen würden. Da strahlte Werner sie plötzlich an und rief: „Klar, Onkel Eberhard, das ich da nicht gleich drauf gekommen bin."

Es stellte sich heraus, dass dieser Onkel Bauer gewesen und jetzt auf Altenteil gegangen war. Er hätte Platz, und es wäre für die Kinder sicher ein Erlebnis auf dem Bauernhof. Es sei auch nicht so weit weg, dass Maiken nicht zum Prozess kommen könne, und das sei überhaupt die Lösung. Er würde das gleich klären.

Zuvor berichtete er aber von seinem Vormittag. Daniel war es gelungen, mit Marion über deren Schuldgefühle am Tod Mittendorfs zu arbeiten. Er sei ein entscheidendes Stück weitergekommen und habe die Fragen geklärt, die Oblossomow gehabt hätte.

Außerdem hätte sie sich daran erinnert, dass während des Heranschleichens an den Carport gesehen habe, wie Mirko Mittendorf mit dem Rad, das er am Zaun des Nachbargrundstückes angelehnt stand, weggefahren sei. Die Sitzung (oder: der Termin) bei Daniel habe deswegen länger gedauert, und er sei noch bei Herrn Oblossomow vorbeigefahren, um Bericht zu erstatten.

23

Als es plötzlich an der Tür läutete und Krümel einen Riesenspektakel machte, zuckten Karen und Werner zusammen. Karen spähte aus dem Wohnzimmerfenster und sah zu ihrer Erleichterung einen Polizeiwagen auf der Auffahrt stehen.

Es war der Dorfpolizist Kreutzner, der als Einleitung von einem Mann in einem grünen Renault berichtete, der ein Stück weiter parke und Karens Haus nicht aus den Augen lasse.

Karen rannte sofort nach oben in Fees Zimmer, wo die drei Kinder auf dem Teppich puzzelten, und sah gerade noch aus dem Fenster den Typen, der auch in der Schule gewesen war, an ihrem Haus vorbeifahren. Vielleicht hatte ihn das Polizeiauto erschreckt.

Jedenfalls sah sie im Nachhinein ein, dass sie Herrn Schneider unterschätzt hatte, und mit einem Mal hatte sie das gleiche Gefühl wie Berta, jetzt könne sie erst einmal einen Kognak gebrauchen.

Sie setzte sich in der Küche auf einen Stuhl und bedankte sich bei dem Dorfpolizisten für seine Umsicht. Dieser antwortete, der grüne Renault sei nicht der eigentliche Grund für sein Kommen. Herr Oblossomow habe eben angerufen. Mirko Mittendorf sei bei einem erneuten Verhör mit der Tatsache konfrontiert worden, dass er am Tatort gesehen worden wäre.

Daraufhin sei der Junge zusammengebrochen und habe seinen Kontakt zu einem Mann zugegeben, den er Sweet nannte und der ihn in dem Obstgartenschuppen mit Dope versorgt hätte. Auch an dem Tag der Ermordung seines Vaters sei er dort gewesen und habe Sweet zum wiederholten Male berichtet, dass er das Gefühl habe, sein Vater schöpfe Verdacht und spioniere ihm nach.

An dieser Stelle war er dann fast hysterisch geworden: Es sei aber nicht seine Schuld, und er könne nichts dafür, und er sei seitdem nicht mehr dort gewesen. Auf die Frage, woher er denn nun seine Vorräte bekomme, bekannte Mirko, dass sein Freund Per Lautenbach ihn seitdem über einen Kontaktmann in Westenstedt versorge. Das laufe jetzt auch wieder, obwohl es zwischenzeitlich einen Versorgungsengpass gegeben habe.

Diesen Zusammenhang wollte Herr Kreutzner Karen nur berichten, da die Familie Frei ja in den Westenstedt betreffenden Teil des Falls auch involviert gewesen war. Er hätte sowieso zum Dienst fahren müssen, und da sei er eben schnell mal vorbeigekommen und habe die Nachricht persönlich überbracht.

Damit verabschiedete sich der Dorfpolizist, und die Schneiderkinder kamen die Treppe herunter. Sie verkündeten, dass das Puzzle fertig sei, und es solle sich nun mal ein Großer angucken kommen. Werner übernahm diese Aufgabe gerne.

Karen saß in ihrer Küche und dachte an Mirko Mittendorf, den sie nie gemocht hatte und mit dem es immer mal Probleme gegeben hatte, als er noch mit dem Schulbus nach Westenstedt gefahren war. Auch aus den Erzählungen von Marion, die ihn noch in der vierten Klasse unterrichtet hatte, war ihr das Bild eines schwierigen und aggressiven Schülers vor Augen, der ständig in Streitigkeiten verwickelt war.

Dennoch stellte sie es sich auch für so einen Jungen als nicht leicht vor, den Vater zu verlieren und auch noch das Gefühl haben zu müssen, daran Schuld zu tragen. Mirko konnte ja über diese Sache mit niemandem reden, denn dann würde er automatisch in Verdacht geraten.

Karens Achtung vor Hans-Peter Mittendorf wuchs auch, denn sie hätte ihm jegliches Interesse und jegliche Einsatzbereitschaft für seine Kinder abgesprochen, und dabei war er zu Tode gekommen, weil er seinem Sohn hatte helfen wollen.

So stellte Karen es sich jedenfalls vor. Sie glaubte jetzt, dass Mittendorf den Dealer zur Rede stellen wollte, der seinem Sohn Dope verkaufte, und dabei die Gefährlichkeit der Situation unterschätzt hatte. Stärker als je hoffte sie, dass nun der Mord bald aufgeklärt und der Dorffrieden wieder hergestellt werden würde.

24

Schließlich zog Werner mit den Schneiderkindern unter strengen Sicherheitsvorkehrungen los. Die Straße wurde vorher genauestens observiert, und Werner versprach auf grüne Renaults aufzupassen und sowieso und überhaupt einige Ablenkungsmanöver zu inszenieren.

Insgesamt hatte Karen das Gefühl, dass er ihre Ängste übertrieben fand und sich sicher war, dass die Anwesenheit des Polizeiwagens

Herrn Schneider nachhaltig vertrieben habe. Dennoch nahm sie ihm das Versprechen ab, anzurufen und notfalls auf den Anrufbeantworter zu sprechen, wenn er heil und gesund in seiner Wohnung angekommen war.

Der Anruf kam, kurz bevor Karen und Fee zum allwöchentlichen Großeinkauf aufbrachen. Also fuhren die beiden recht erleichtert los.

So verging der Rest des Nachmittags mit alltäglichen Haushaltspflichten, Hausaufgaben und Unterrichtsvorbereitungen. Fee sollte am nächsten Tag eine Französischarbeit schreiben und wollte dauernd irgendwelche grammatischen Probleme mit Karen besprechen. Beide waren erleichtert, als Sven gegen sieben kam und noch einmal eine Runde im Französischlernkarusell übernahm.

Als Karen dann mit Krümel von der Abendrunde wiederkam, hatten Sven und Fee schon den Tisch für das Abendbrot gedeckt und diskutierten gerade die verschiedensten Ziele und Möglichkeiten für einen gemeinsamen Last-Minute-Oster-Urlaub.

Sven hatte für eine Woche eine Vertretung für den Laden, und es wurde gerade eine Prioritätenliste erstellt. Für Fee waren die beiden wichtigsten Sachen Sonne und Disko mit anderen jungen Leuten.

Karen machte geltend, dass die Hotelanlage nicht zu groß sein dürfe. Sie ginge nicht in ein Urlaubssilo. Außerdem brauche sie auch eine ansprechende Landschaft rundherum.

Sven machte den Schnitt bei einem Doppelzimmer mit Einstellbett. Das wäre für ihn nicht zu ertragen. Er versprach, sich zu bemühen, etwas zu buchen, dass sämtlichen Ansprüchen gerecht werden würde.

Auf diese Weise verging der Abend mit Pläneschmieden, und Karen kam erst im Bett dazu, Sven von dem Drama des Vormittags zu berichten. Sie bekam einen Riesenschrecken, als Sven fragte: „Und was machst du, wenn der Typ morgen wieder auftaucht?" Daran hatte sie noch gar nicht gedacht. Sie konnte Peter und Corinna nicht noch einen zweiten Tag schützen. Das wusste sie, denn sie konnte schließlich auch nicht die anderen Kinder in Gefahr bringen. So beschloss sie, bei Werner anzurufen und ihn zu bitten, die beiden gar nicht erst mit in die Schule zu bringen. Das schien ihr am unproblematischsten.

25

Als sie ihr Vorhaben in die Tat umsetzte, obwohl es schon spät war, bekam sie Frau Schneider ans Telefon, die meinte, dass sei ja wohl Gedankenübertragung. Gerade habe sie auch anrufen wollen. Sie hätte Werners Angebot angenommen, die Zeit bis zur Verhandlung bei Onkel Eberhard zu verbringen. Sie würde sich täglich telefonisch melden, damit Peter wenigstens die Hausaufgaben machen könne und den Schulstoff, so gut es eben ginge, zu Hause bewältige.

Dann bedankte sie sich noch einmal ausführlich dafür, dass Karen ihre Kinder fast unter Einsatz des eigenen Lebens vor dem Zugriff ihres Exmannes bewahrt hätte. Sie hoffe, dass dieser Mensch nicht noch einmal in der Walsdorfer Schule auftauche.

Für den Fall, dass er es doch tun sollte, bat sie Karen inständig, sofort Herr Kreutzner zu kontaktieren, denn der Mann sei gefährlich. Das sage sie nicht nur, weil sie Angst vor ihm habe, sondern weil sie ihn kenne. Sie habe die Entwicklung miterlebt und gesehen, wie sich unter der Maske der Wohlanständigkeit ein kranker Geist entwickelt habe. Sie selbst habe sich immer wieder von diesem Eindruck der Kultiviertheit täuschen lassen und seine Gewaltausbrüche lange mit allen möglichen Umständen entschuldigt. Darum noch einmal die dringende Bitte, gleich die Polizei einzuschalten. Es wäre ihr unerträglich, wenn ihr Exmann auf der Suche nach ihr irgend jemandem Gewalt antue.

Karen versprach – mehr um des lieben Friedens willen – die Situation nicht zu unterschätzen, und beendete das Gespräch.

Zu ihrer Überraschung bat auch Sven sie, diesen Menschen nicht zu unterschätzen. Er habe das Gefühl, dass hinter diesem Aufspüren der Kinder und dem Plan der Entführung eine Art krankhafter Energie stecke, und Karen müsse, wenn schon nicht an sich, dann doch auch an die Sicherheit der anderen Kinder denken.

26

Nach dieser zweimaligen eindringlichen Verwarnung schlief Karen ausgesprochen schlecht. Sie hatte irgendwelche wirren Träume, die sie zwar morgens nicht mehr wusste, die aber mit Bedrohung zu tun hatten. Sie wachte mit einer ganz merkwürdigen Empfindung auf, denn Sven hatte sie die ganze Nacht im Arm gehalten und sich dadurch jedes Mal mit umgedreht, wenn sie sich herumgewälzt hatte. Es hatte ein seltsames Gefühl der Umhülltheit hinterlassen. Sie hatte noch nie eine so umarmte Nacht mit einem Menschen verbracht.

Mit Bertold hatte sie sich zwar mal nächteweise durch geliebt, aber geschlafen hatten sie doch jeder auf seiner Seite, jeder für sich. Dieses hier war eine völlig neue Erfahrung. Sie schaffte es seltsamerweise auch mit Sven in ihrem Ein-Personen-Bett zu schlafen. Etwas, was sie nicht einmal mit Fee fertiggebracht hatte. Früher, wenn Fee mal nachts kam, hatte sie ihre Tochter immer wieder in ihr eigenes Bett getragen, wenn diese wieder eingeschlafen war.

Karen brauchte einfach ihren Platz in ihrem eigenen Bett und war ganz erstaunt, dass Sven augenscheinlich andere Schlafgewohnheiten hatte und mit wenig Platz auskam.

Morgens sprachen sie dann über den Kauf eines größeren Bettes, und dieses Gespräch weitete sich zu einer Grundsatzdiskussion aus – über Zusammenziehen oder nicht.

Sven erzählte, dass sein Freund Oliver darüber nachdachte, nach Berlin zu ziehen, da er sich auch beruflich verändern wolle und seine Freundin ja wahrscheinlich auch nach der Ausbildung dort zu bleiben gedenke. Wenn das passiere, müsse sich Sven sowieso entscheiden, ob er den Anteil von Ollis Miete übernehmen wolle oder sich etwas Neues suche oder was auch immer.

Im Grunde sprach ja auch nichts gegen ein Zusammenziehen, denn sie liebten sich, und das Miteinanderauskommen konnten sie auf diese Art und Weise am besten ausprobieren.

Dann konnte Sven sich für den Fall der Fälle immer noch eine neue Wohnung suchen. Fee hatte nichts dagegen, und Karen fielen auch keine Argumente ein. Sie hatte noch nicht einmal ein schlechtes Gefühl dabei. Sie empfand es als in Ordnung.

So fuhr sie ganz entspannt in die Schule, bis ihr die Peter-Schneider-Story wieder einfiel. Rasch informierte sie sowohl Marion als auch Berta, dass Peter und Corinna nicht kommen würden, und bat beide, sofort die Polizei einzuschalten, wenn ein grüner Renault oder ein anderes Auto mit dem Anzugtypen auftauchen würde.

Beide versprachen es – ihr zuliebe. Werner kam, stürzte zum Telefon und rief seinen Onkel an, um zu erfahren, ob die Schneiders schon eingetroffen waren. Als dies verneint wurde, benahm er sich fast hysterisch, was höchst ungewöhnlich war und nicht zu seinem sonstigen Verhalten passte. Jede Pause versuchte er es erneut und erhielt immer wieder ein Nein.

Mittags war er dann schon felsenfest davon überzeugt, dass dieser Unmensch von Exmann die Schneiders gekidnappt hatte und mit ihnen auf und davon sei. Karen konnte ihn trotzdem überreden, wenigstens Herrn Kreutzner anzurufen und nach eventuellen Unfällen zu fragen. Immerhin hatte Frau Schneider ihren Führerschein noch nicht so lange, und da konnte es in so einer emotional aufgeladenen Situation auch leicht einmal passieren, dass man unaufmerksam war und einen Unfall baute. Also telefonierte Werner mit Herrn Kreutzner, der ihm versprach, sich zu erkundigen. Einige Augenblicke später rief er zurück und berichtete, dass Frau Schneider tatsächlich in der Kreisstadt im Krankenhaus läge.

Es hatte einen Verkehrsunfall gegeben, bei dem Frau Schneider mit ihrem Auto gegen einen Baum gefahren war. Sie hatte sich das Schlüsselbein gebrochen, und die Kinder wurden auf innere Verletzungen durchgecheckt.

Laut Unfallprotokoll der Polizeiwache hatten Augenzeugen ausgesagt, dass ein grüner Renault das Auto von Frau Schneider vorsätzlich von der Straße gedrängt habe. Dabei habe der Fahrer des Renaults nicht auf den Verkehr der einmündenden Vorfahrtstraße geachtet und sei mit seinem Wagen frontal in die Seite eines Dreizehntonners gefahren, fast ohne abzubremsen. Der Fahrer des Renaults sei auf der Stelle tot gewesen. Man habe ihn noch nicht identifiziert.

Herr Kreutzner hatte den Beamten den Tipp geben können, dass es sich vermutlich um den Exehemann handele. So konnten die Kollegen in dieser Hinsicht weiter ermitteln.

Natürlich fuhr Werner sofort ins Krankenhaus. Er wusste nicht, ob er lachen oder weinen sollte. Denn trotz des Schlüsselbeinbruchs und der Gefahr der inneren Verletzungen der Kinder lebten die drei noch und waren die Bedrohung durch Herrn Schneider losgeworden.

Dieser Mensch hatte im Bestreben, sich an seiner Frau zu rächen, den Tod gefunden.

27

Kaum war Werner weg, da rief Sven an und fragte, ob Karen, Fee und Krümel Zeit und Lust hätten, um am Wochenende mit ihm nach Sylt zu fahren, in das Ferienhaus eines Bekannten, dass er günstig mieten könne. Er habe das Gefühl, dass ein Tapetenwechsel allen gut tun würde.

Karen wurde es wieder einmal ganz warm ums Herz. Es war genau dass, was sie jetzt brauchte. Raus aus dem Alltag, weg von dem Mordfallmist, und statt dessen Wind, Brandung, lange Spaziergänge. Sie rief Fee an, die schon zu Hause war, da die letzten beiden Stunden ausgefallen waren, und erhielt auch da einen Jubelschrei.

Fee freute sich so offensichtlich, dass Karen es ihr überließ, bei Sven zurückzurufen, damit er auch etwas von ihrer Freude hatte.

Eine Stunde später saßen sie im Auto und fuhren Richtung Niebüll zum Autoreisezug. Es wurde ein ganz tolles, erholsames Wochenende, bei dem Karen das Gefühl hatte, Energie ohne Ende zu tanken. Sowohl Samstag als auch Sonntag gingen sie am Strand entlang zu einem kleinen Café und frühstückten ausgiebig. Dann fuhren sie Rad durch diese kleinen Dörfer mit den Reetdachhäusern und tranken irgendwo Kaffee. Abends spielten sie Mensch-ärgere-dich-nicht und andere Gesellschaftsspiele, die sie im Ferienhaus fanden, und hatten einen Riesenspaß dabei.

Sven kaufte Karen einen „echten" Verlobungsring, und auch Fee bekam einen Freundschaftsring. Es war eine so entspannte Atmosphäre, dass Fee im Auto auf der Rücktour plötzlich verkündete: „Wenn du Karen heiratest, sage ich Papa zu dir!" Das war das Allerletzte, was Karen von ihrem großen Mädchen erwartet hätte. Soweit hatte sie noch gar nicht gedacht. Sie spürte die ganze Sehnsucht nach einer Vaterfigur, und ihr standen die Tränen in den

Augen. Sie mochte weder Sven noch Fee ansehen. Es herrschte eine Weile völlige Stille im Wagen. Dann sagte Fee mit einer kleinen brüchigen Stimme: „War ja auch nur so eine Idee", und es klang sehr traurig und enttäuscht. Karen nahm ihren ganzen Mut zusammen und antwortete: „Ja, ich finde sogar, dass es keine schlechte Idee ist, was sagst du, Sven!" Sven machte eine atemberaubende Vollbremsung und brachte den BMW auf dem Seitenstreifen zum Stehen. Er küsste Karen so ausgiebig und zärtlich, dass auch Fee es als „Ja!" verstand und geduldig das Ende des Ausbruchs abwartete.

28

In Walsdorf – nun ja auch schon fast Svens Zuhause – wartete auch noch die völlig unspektakuläre Aufklärung des Mittendorf-Mordes auf sie. Frau Totz hatte auf den Anrufbeantworter gesprochen und um Rückruf gebeten. Karen erledigte das, während Sven eine Flasche Rotwein öffnete und Fee den Tisch für das Abendbrot deckte.

Die Kriminalbeamtin berichtete ganz sachlich von den verschiedenen Ermittlungssträngen, zum Dealer im Krankenhaus, zu dem Westentypen, Per Lautenbach und anderen Seiten, die in einer Großrazzia in einer Disko in der Kreisstadt zusammengeführt worden seien. Bei dieser Aktion sei ein Dealerring aufgeflogen und ein Mann verhaftet worden, der sowohl von Maria Kleininger – mit Daniels Zustimmung – als auch von Mirko Mittendorf identifiziert worden war.

Beim Verhör hatte er sich dann in Widersprüche verwickelt und schließlich zugegeben, für den Tod von Hans-Peter Mittendorf verantwortlich zu sein.

Er behauptete, es sei Notwehr gewesen, da Mittendorf ein Messer gezogen habe und ihn angegriffen habe. Diese Version werde noch überprüft, aber an dem Geständnis als solches würde das ja nichts ändern.

Karen bedankte sich für die Informationen und wünschte Frau Totz noch einen schönen Sonntagabend, worauf diese erwiderte, dass sie nach Abschluss dieses Falles erst einmal Urlaub habe, da sie auch noch etliche Überstunden abbummeln müsse. Sie wolle mit einem Last-Minute-Angebot in die Sonne fliegen. Dann bedankte sie sich für Karen guten Wünsche und legte auf.

Als Karen das schnurlose Telefon wieder in die Station gestellt hatte, musste sie an das viele Unglück denken, dass durch diesen Mord ausgelöst worden war. Sie ließ das letzte halbe Jahr an sich vorüberziehen und wusste, dass es in einigen Bereichen lange dauern würde, bis sich die Wunden schlossen, die der gewaltsame Tod Mittendorfs gerissen hatte.

Dann schüttelte sie den Kopf, als wolle sie die Gedanken abschütteln, und ging in die Küche zu ihrer Tochter und ihrer neuen Liebe.

Danksagungen:

Ich möchte mich bei meiner Tochter für die stets ermutigende Unterstützung bedanken.

Meinen Eltern danke ich für die Atmosphäre der Offenheit, die sie in der Erziehung geschaffen haben, und die es mir ermöglichte, den Mut für dieses Projekt zu finden.

Meinem Lieblingscousin möchte ich für seinen Einsatz als Korrektor danken. Das Wissen um seine qualifizierte Bearbeitung erleichterte mir das Schreiben sehr.